身代わり花嫁はイケメン社長に甘く籠絡される

contents

gabriella plus

イラスト／氷堂れん

身代わり花嫁はイケメン社長に甘く籠絡される

プロローグ

——絶体絶命というのは、こういうことなのかもしれない。

今の自分の状況を思い、米倉麻梨乃《よねくらまりの》は正座をした身体を固めた。

両手を膝に置き、背筋を伸ばして。これで真《ま》っ直《す》ぐに前を見ているのならさぞかし立派な正座になっているのだろうが、残念ながら彼女の顔はいささか下を向き、視線は数センチ前の白い革靴を見ている。

見えるのは片方だけだが、これは目の前の人物が足を組んでいるからだ。

白い靴。といっても女性ではない。視線を動かすことも許されず、やむをえず凝視している靴の主《ぬし》は立派すぎるほど立派な男性である。

彼は白いタキシード姿なので、白い靴でも不思議ではない。

タキシードは新郎用の衣装だ。こういう場合はエナメルの白い靴をレンタルする男性が多いと聞くが、彼の靴は高級カーフで、日本最高峰とも言われるシューズブランドのオリジナルデザイン。

麻梨乃がリゾートホテルの客室係になって半年。靴を見ればゲストのレベルがわかるともいわれている。

そう考えれば、彼が最上級のゲストであり、本日、このホテルで挙式を執《と》り行う予定であることもわかる。

しかし……そんな彼の花嫁を、麻梨乃が逃がしてしまった……。

花嫁不在のブライズルームで、新郎を目の前に正座をしているのはそのせいだ。

「顔を上げろ」

お腹《なか》にズンッと響いてくる声。怒っているからこんな重低音なのか、それとも普段からこのくらいの低さなのかはわからない。

捕まったときから、麻梨乃はこの声しか聞いていていない。

おそるおそる、それでもおびえた様子は見せないよう、顔を上げる。ソファに腰掛け、長い足を高く組んだ男性が麻梨乃を見据えていた。

年のころは三十代前半だろう。挙式用にセットされた髪が少し乱れているように感じるのは、いなくなった花嫁を探して走り回っていたせいかもしれない。

ファッション雑誌から抜け出してきたのかと思うくらい、タキシード姿がビシッと決まった男前の美丈夫《びじょうふ》だ。もしかしたら本当にモデルなのではないかとも思える。

「おまえ……、自分がなにをしたのかわかっているな」

「は、はい……」

「本来なら、こんなけしからん従業員を使っているホテル側もまとめて訴えたいところだが……」

「それはご勘弁ください！　花嫁さんをホテルの外へ出したのは、わたしの一存です！　責任はわたしにあるんです！」

麻梨乃は慌てて声を大にする。自分がしたことでホテル側に迷惑をかけるわけにはいかない。

……とはいえ、個人的に訴えられたとしても、こういう場合はどういった罪になるのだろう。もしお金を請求されたとしても、支払えるだけのまとまったお金など持ってはいない。

「じゃあ、立て」

「……はい？」

「おまえの一存というなら、すべてはおまえの責任だ。おまえは、この状況をなんとかする責任がある。立て」

よくわからないが、とにかく責任は麻梨乃にだけとらせるつもりのようだ。それはそれで非常に助かる。麻梨乃は「はい」といい返事をして直立した。

「なんセンチだ?」

「え……?　一五二センチ……ですけど」

「身長じゃない。チビなのは見ればわかる。バストだ。胸回り」

麻梨乃は思わず「ひっ」と息を呑《の》む。いきなりいやらしい質問になっていないか。意外すぎることを聞かれたせいで、チビという失礼な発言の存在さえ気にならない。

いくらこちらに非があるとはいえ、こんな辱《はずかし》めを受け、文句も言えず耐えなくてはならないのだろうか。

「急いでいるんだからさっさと答えろ。それともさわって確かめられたいのか」

「いっ……Eカップのアンダー70ですっ」

質問内容に抵抗できない自分を悲観している場合ではない。黙っていれば直接確認されてしまう。

慌てて答えると、今度は彼のほうがわずかに驚いた顔をする。

「……見栄《みえ》を張っていないか?　正直に言え」

「見栄を張るなら、身長からして大きめに言いますっ」

失礼だ。首元がキッチリ詰まった濃紺の制服のおかげで着やせして見えるが、嘘《うそ》は言っていない。

それにしても、彼の厳しい表情以外を初めて見た。今度はその驚きで失礼な発言がさほど気にならない。

「まあいい、それならピッタリだろう」

鼻をフンッと鳴らすと、彼はソファの背にかけてあった真っ白なウエディングドレスを麻梨乃に放った。

「え……あの……」

反射的に手を出して受け取る。訳がわからないまま彼に顔を向けると、ニヤリと不敵な笑みを見せられた。

「おまえが花嫁をやれ」

「……は?」

「ほぼ親族のみの挙式とはいえ、中止はできない。おまえが花嫁の代わりをやればいい。大丈夫だ、バレやしない」

ドレスを両腕にかかえ、麻梨乃は開いた口がふさがらない。

この人はなにを言っているんだろう。

本気で言っているのだろうか。

——よりによって、花嫁の身代わりになれとは。

「俺は一条寺蒼真《いちじょうじそうま》だ。おまえは？」

「……あ、……米倉麻梨乃です……」

やっと名乗った彼に問われて、麻梨乃も自己紹介をする。ちょっと変わった彼の苗字《みょうじ》を耳にして、本日挙式予定があると噂《うわさ》に聞いた、大企業の社長であることを悟る。

とんでもない人物の花嫁を逃がしてしまったようだ。とはいえ、あのときはああするしかなかった。

選択の余地はなかったのだ。自分は間違っていなかったと、信じたい。

己の判断が正しかったと確信する気持ちにほんの少しの後悔を混ぜて、麻梨乃はドレスを握りしめる。

顔をシッカリと上げて一条寺蒼真を見据えると、決意を込め、こくりとうなずいた。

第一章　逃げた花嫁と身代わり花嫁

「あ〜、どうしよ〜、もぅピンチ、絶体絶命だよ〜」

　今まで生きてきた二十三年という歳月で、絶体絶命という状況には何度か直面している、と麻梨乃は思う。

　それでも問題なく生き延びているので、その言葉に危殆《きたい》に瀕《ひん》するというほどの緊張感はないな……と思うのだ。

「どうかしたんですか？　横田《よこた》さん」

　そうは思っていても、目の前でピンチだ絶体絶命だとオーバーアクションをとられたものなら、心配そうに聞かざるをえない。

　従業員用の休憩室で、麻梨乃は食後のお茶をテーブルに置き、向かいの席でピンチと言うわりには気まずそうな笑みを浮かべているだけの横田依子《よりこ》に問いかける。

　ギギッと音がするパイプ椅子に腰を下ろして湯呑みに口をつけると、依子がてへっと笑った。

「枕カバーの交換お願いって言われてたの……忘れてた」

てへっ……ではない。それは、ホテルの客室係として忘れてはならないことではないか。

避暑地の片隅に建つ小さなリゾートホテルとはいえ、独自のウエディングプランのおかげで、そこそこ人気のあるホテルだ。

お客様にはきめ細やかなサービスを。約半年前、春の研修中に、麻梨乃は耳にタコどころか、そのタコが干物になってしまいそうなほど同じ言葉を聞かされている。

麻梨乃は客室係になって半年だが、依子は二年目。彼女がときどきこういうミスをやらかす姿を、何度見てきただろう。

喉に詰まりかかったお茶を溜《た》めた空気と一緒にごくりと呑みこみ、麻梨乃は苦言を呈した。

「あの……、それなら急いで行ったほうが……いいと、思うんですよ……」

ミスではあるが仮にも先輩。角《かど》が立つ言いかたはいけない。

ひとつの場所で気まずくなると、のちのちの生活に支障が出ることを、麻梨乃は長い児童養護施設生活でイヤというほど知っている。

「うん、じゃあ、行ってきて」

「は？」

あっけらかんと発せられた言葉に、麻梨乃は不審げなトーンで答える。「行ってきて」ということは、もしや尻拭《ぬぐ》いを求められているのだろうか。

「一五〇二号室。米倉さん担当のお部屋でしょう?」

「行ってきますっ」

麻梨乃は勢いよく立ち上がる。勢いがよすぎて手に持っていた湯呑みからお茶がこぼれかかったくらいだ。

こぼれかかる一歩手前のお茶を、そうはさせるかと一気にあおり飲めば「わー、すごいすごい、熱くないの? あたし猫舌だから一気に飲めなぁい」と悪気など一切感じさせない依子の声が飛んでくる。

麻梨乃だって、幼いころは猫舌とまではいかなくとも熱いものは苦手だった。だが人間の身体というものは、生きていくために変化するのだと思う。

――施設で生きていくためには、熱いものは冷ましてからゆっくり食べる……などと思っているとと食べ物がなくなってしまう。自分の食事は各自シッカリと確保しなくてはならない生活だったのだ。

「ごめんねぇ、休憩に入る前に控室にフロントから電話が入っていてね。米倉さんに伝えなきゃと思って忘れてたの～」

忘れてたの～とのんびり言われても大いに困るのだが、それを言及するよりも、今は緊急に対応しなくては。

最後にお茶を飲みながらつまもうと思っていた定食のしば漬けを口に放りこみ、麻梨乃は昼食のお盆をカウンターに戻して休憩室を飛び出した。

「お昼休憩の前なら……三十分くらい前かな」

腕時計を見ながら早足で歩く。従業員用エレベーターの前で到着を待つあいだ、同じく乗るらしい女性従業員同士の会話が耳に入ってきた。

「親族だけらしくてね、小規模だけどすっごい豪華。挙式のあとは披露宴っていうより会食みたいな形式なんだけど、飾りつけなんてどこかの国の宮殿みたいよ」

「すごいよね～、一条寺産業の社長さん？　だっけ？」

「でもそういうお金持ちって、なんかのイベントに合わせて派手な結婚式をするイメージだったけど、今の時期って中途半端だなって」

「かえってイベント時期って、会社同士のつきあいとかで忙しいんじゃないの？」

「あー、そうか」

楽しげに弾《はず》む噂話《うわさばなし》をBGMに、麻梨乃はエレベーターに乗りこむ。階数指定をしてドアが閉まったころには、一緒に乗った二人の会話も違うものに変わっていた。

（確かに、中途半端かな）

意識したわけではないのだが、なんとなく思考が巡る。

十一月のこの時期、リゾートホテル側の売りは少々地味だ。まだスキーの時期ではないし、クリスマスイルミネーションにも早い。

ついでにオフシーズンで、宿泊料金も安価に設定されている。同時にブライダルパックにもお値打ちプランを投入。

そんなお得価格時期に、どこぞの会社のお金持ちが結婚式、と聞くと違和感しかない。

（奥さんがシッカリ者なのかな。単に旦那がケチなのか……）

考えかたに贔屓《ひいき》が生まれているものの、それを気にしているときではない。今はピローケースの交換に行った際、ゲストに怒られるかもしれない瀬戸際《せとぎわ》だ。

ゲストによっては、要望を出して五分以内に担当が顔を出さなければ、機嫌を悪くしてフロントに文句を言う者もいる。

麻梨乃は十五階でエレベーターを降り、まずはリネンルームへ行く。専用のピローケースを用意して、急いで部屋へ向かった。

一五〇二号室はジュニアスイートルームで、ゲストは昨夜遅くに到着している。ツインの部屋だが、女性一人での宿泊だ。

ツインの部屋だからといっておかしな勘繰《かんぐ》りをしてはいけない。ワンランク上の部屋でのんびり過ごしたい、広い部屋がいい、などの場合は、一人でもツインやダブルの部屋をとるものだ。

（寝酒でもしてお酒をこぼしたのかな。よくあることだけど）

液体をこぼした量が多ければ、ピローケースより枕自体を替えたほうがいい。まずは確認してからと考えながら、麻梨乃は一五〇二号室のドアをノックした。

「遅くなりまして申し訳ございません。ピローケースの交換にまいりました」

インターフォンに話しかけてしばらく待つ。応答がないので再度声をかけた。

「遅くなりました。ピローケースの交換に……」

……応答なし。

（出かけちゃったのかな）

それならそれで、焦眉《しょうび》の急《きゅう》という事態ではなさそうなので安心だ。麻梨乃はエプロンのポケットからスペアキーを出そうとした……とき、

「きゃぁぁっ！」

室内から、女性の悲鳴とともにドタンッ、バンッ、と、なにかが倒れるような大きな音が聞こえてきたのである。

「どうなさいました、お客様！　大丈夫ですか⁉」

中には人がいるらしい。なにが起こったのかはわからなくとも、悲鳴を聞いて黙っているわけにはいかないだろう。

「お客様！」

麻梨乃は急いでスペアキーでドアを開ける。中へ飛びこもうと勢いよく足を踏み出し……。

「は？」

思わず疑問の声を吐き、ピタッと動きを止める。勢いよく開いたドアが背後でバタンと閉まった。

ジュニアスイートは入ってすぐに短めの廊下があり、ドアのないアール型にとられた出入口からリビングへ入るのだが……。

そのアール型の出入口に、白い塊《かたまり》が落ちている……。

……布だ。

ふわふわとしたシフォン生地、たくさんのレースと張りのある白い光沢の布。それらが丸く盛り上がって……落ちている。

（え……なに？）

一瞬なんだかわからなかった。しかし見て不快に感じるようなものではない。むしろ綺麗《きれい》な塊だと思える。

「……痛ったぁ……」

するると、その塊がモゾッと動き言葉を発した。

この時点で、その塊が人であり、この部屋のゲストであろう見当がつく。

「お……お客様……、あの、大丈夫ですか？」

麻梨乃が近づいて手を差し伸べようとすると、白い塊はついに形を変えた。ブラウンがかった頭髪が見えたかと思うと、くるっとこちらを振り向いたのだ。

凛々《りり》しい眼差《まなざ》しの美人顔。濃いピンクの口紅がとても引き立っている。彼女は床に両手をついた状態で、のそっと麻梨乃に身体を向ける。動きが遅いのは、その身にまとった布のせいだ。

もったりと量の多い布。彼女は床に座っているようだが、デコルテを強調した胸のラインには豪華な刺繍《ししゅう》、身体が埋まるほどのスカート。――これは、ウエディングドレスではないだろうか。

「大丈夫ですか……？」

麻梨乃は立たせてあげるつもりで手を差し出す。おそらく彼女はドレスの裾にでもつまずいて転んだのだろう。こんなふわふわで重そうなものを着ていれば無理もない。

（でも、どうして部屋の中でウエディングドレスなんか着てるんだろう）

とは思えど、ゲストの趣味嗜好《しこう》に詮索は不要だ。

「立てますか？　わたしの手に掴《つか》ま……」

麻梨乃のセリフは途中で途切れる。差し出した手を素直に掴んでくれた女性が、いきなり麻梨乃の手を強く引っ張ったのだ。

油断しているところを強引に引かれてはたまらない。麻梨乃は両膝を落とし、女性と同じ高さになる。膝でドレスを踏んでしまい、これはまずいと感じてよけようとするが、女性に両腕をガッシリ掴まれて動くことができなくなってしまった。

「遅いでしょ！　なにやってるのよ！」

女性は半分泣き声だ。呼んだのに来るのが遅いとご立腹なのだろう。

ということは、ピローケースは緊急だったらしい。麻梨乃は片腕にかけていた交換用のピローケースを両手で握った。

「申し訳ございません。すぐに交換いたしますので」

「枕カバーなんてどうでもいいの！」

遅いと怒っておきながら、どうでもいいとはこれいかに。麻梨乃は出す言葉を失い女性を見つめる。

凛々しい美人顔と思ったが、あれは一瞬麻梨乃を睨《にら》みつけたからそう見えただけかもしれない。

今の彼女は、くるくる巻かれたセミロングの髪を白い胸元にたらし、泣きそうな表情が儚《はかな》げで、とてもかわいらしい。

「あなたがなかなかこないから、焦《あせ》って泣きそうよ！　どうしてくれるのよ！」

「申し訳ございません。そんなにお困りとは存じ上げませんでした。すぐに枕ごと交換いたしますので」

「だからぁ！　枕なんてどうでもいいのよぉ‼」

ピローケースがどうでもいいなら枕自体に問題があるのかと考え、彼女の望みを引き出そうとする。しかし要望として受けた事柄をどうでもいいと言われてしまうと、どうしようもない。

「お客様、落ち着いてください。なにをお望みでしたか？」

彼女は興奮状態だ。大人の女性を感じさせる人物を、どう見ても年下の自分が諫《いさ》めるというのもなんだが、こういう場合は年齢を考えてはいけないのだ。

すると彼女は麻梨乃の腕を掴んだ手に力を込め、キッと眼差しを強くした。

「私をここから逃がして！」

「は？」

麻梨乃は目をしばたたかせる。

逃がして。

逃がして、とは、この場にはあまりにも不釣《ふつ》り合いな言葉ではないか。

「もう彼がホテルの前に迎えに来ているの！　早く行かなくちゃ……、でも、ドレスが一人では脱げなくて……！　早くしないと、あの人に見つかって捕まっちゃう……！」

「逃がすとか、捕まるとか、ここは監獄《かんごく》ではありませんので……、落ち着いて」

「あの人と結婚したら、これから一生監獄みたいなものよ！」

今のひと言で、まさかの事態を完全に察することができたような気がする。

つまりは、彼女は花嫁なのだ。

ウエディングドレスは趣味で着ているわけではなく、これから結婚式だから着ているのだろう。

そして、その結婚は、おそらく彼女の意に沿わないものなのだ。

「私……恋人がいるの……。でも、仕事の関係で好きでもない人と結婚させられるのよ……」

言葉の勢いが落ちる。彼女の視線も落ち、悲しげな表情が浮かんだ。

「イヤなの……。絶対にイヤ……。どうして私が犠牲にならなくちゃいけないの……。なんの恩もない人たちのために結婚なんて……憎んでさえいる人たちなのに……」

麻梨乃の胸がグッと詰《つ》まった。

詳しい事情はわからないが、彼女はとても理不尽な結婚を強《し》いられようとしているのだ。

憎しみさえ感じる人間たちのために、犠牲にされそうになっている。だから逃げたい……。

――あまりにも、麻梨乃の境遇《きょうぐう》に似ている……。

麻梨乃はごくりと喉を鳴らす。これから自分がやろうとしていることに緊張が走った。

「……わかりました」

吐き出す息とともに発した声は、あまりハッキリとしたものではなかった。それでも味方を得たと直感した彼女は、目を大きくして顔を上げたのだ。

「わたしは、まずなにをすればいいですか？　そのドレスを脱ぐお手伝いをすればいいですか？」

力強い麻梨乃の言葉に、青くなって泣きそうだった彼女の顔に、ぱあっと赤味《あかみ》が差したのである。


協力を決めたあとは早かった。

一人では脱げないと言っていたウエディングドレスを脱がせ、着替えさせて、従業員用のエレベーターから一階へ降ろしたのである。

恋人らしき男性がロビーで待っていてくれた。ちょうどチェックインで混雑する時刻だ。部屋に入ったあとにすぐ出かけるゲストも多く、男女二人連れがウロウロしていても特に目立たない。

閑散期《かんさんき》とはいえそれなりに出入りはある。エントランスのにぎやかさも手伝って、二人は無事ホテルを出て行った。

(幸せになってね……)

その姿をエントランスの柱の陰から見送り、麻梨乃は感無量だ。

あの女性をしがらみから解放してあげたことで、なんとなく自分が解放された気分にさえなった。

いや、麻梨乃だって、もう解放されているようなものだ。

——このまま、あの人間たちから逃げられれば……。

いやなことを思いだしそうになった頭が、それを打ち消す。麻梨乃は急いで従業員用エレベーターへ戻った。

あとは何食わぬ顔で仕事をしていればいい。女性は結婚させられるはずだった相手に向けて置き手紙をしてくれている。花嫁がいなくなったのは自主的であることから、行方《ゆくえ》不明などの騒ぎにはならないはず。

(だいたいねー、いやがる女の子と結婚しようなんて、男のほうの考えがいやらしいよ。きっ

と、ニヤケ顔が気色悪《きしょく》いスケベ男に違いないわ）

女性の味方につき、うんうんうなずく。

担当していた部屋のゲストがいなくなったとなれば、すぐに清掃の指示が入るかもしれない。今から準備をしておこうか、それとも忙しい階のヘルプに入ろうか。

仕事の予定を頭でめぐらせ、麻梨乃は控室へ向かう。途中、依子とばったり出会った。

「あっ、ちょうどよかったー。米倉さん、枕カバー、枕カバー」

「え？　替えてきましたよ？」

咄嗟《とっさ》に一五〇二号室のことだと感じてドキリとする。ピローケースは女性が身支度をしているあいだに一応変えてきたのだ。

女性の本当の要件がドレスを脱ぐために人の手が借りたかったことであり、ピローケースを替えてほしいということではなかったにしろ、フロントを通して要望が出されている限り、業務日誌に載せないわけにはいかない。

ピローケースのスペア数を合わせるためにも、交換はしてきた。

「違うの。一五〇二号室の枕カバーを替えた客室係を呼んでくれって」

「誰がですか？」

「わかんないけど、フロントから控室に連絡がきたの。十九階のブライズルームに行ってくださいって」

「ブライズルーム……」

麻梨乃は眉をひそめる。もしや麻梨乃を呼び出しているのは、逃がした女性の親族ではないだろうか。

しかし着替えを手伝っているときに聞いたが、今回の結婚式は出席者が男性側の関係者ばかり。女性には親兄弟がいないので、自分のほうの関係者は誰もいないと言っていた。親兄弟がいない。——そんなところまで、麻梨乃と同じだ。

恩もない、よく思っていない人間たちに利用されそうになっていたところといい、共感しかない。我ながら女性を逃がすことに必死になった気がする。

この女性を自由にしてあげれば、自分も本当の意味で自由になれる。そんな想《おも》いさえあったのだ。

（でも、それなら、ブライズルームに呼び出したのは……）

考えこんでいると、依子が興味津々な目で見てくる。なにか面白い話があるのかと勘繰られてはたまらない。麻梨乃は「行ってみます」と言い捨てて逃げるようにエレベーターへ走った。

ブライズルームで式の時間を待っていた女性は「取ってきたいものがある」と言って部屋へ戻ったらしい。戻ってからウエディングドレスを脱ごうとしたが、一人では脱げないことに気づいた。

ドレスは背中に編み上げのデザインが施《ほどこ》されたビスチェタイプ。手の届きにくい位置にファスナーがある上に編み上げの下に隠れていて、到底自分一人でどうにかできるものではない。藁《わら》にもすがる思いで客室係を呼んだ。せめてファスナーを下げてもらおうと思ったのに、頼みの綱《つな》の客室係がなかなかこない。

すでに恋人が迎えに来ている時間。早く着替えて準備をしなくては、運悪く嫌いな結婚相手が部屋に様子を見に来てしまうかもしれない。

彼女は盛大に焦っていただろう。

麻梨乃が現れたとき半べそ状態で怒ったのは、そんな理由だ。

結婚相手が部屋へ行って彼女の書き置きを見つけたのだとすれば、姿を消す前の彼女の様子を聞きたくて、最後に部屋を訪れた客室係を呼び出したという可能性は高い。

(でも、普通は一人で出て行ったたって思うんじゃないかな……。客室係が部屋に行ってたとか……どうしてわかったんだろう)

十九階には、挙式用チャペルやパーティ会場、親族や招待客の控室、そして新郎新婦用のブライズルームがある。

ウエディングドレスを着ていたのだ。彼女は挙式直前だったのだろう。

ただ、そう考えればフロアも招待客などでにぎわっているはずだが、閑散として人の姿はなく、シンっとしている。

男性側の関係者だけとはいうものの、少人数なのだとしても静かすぎやしないだろうか。

麻梨乃はふと、エレベーターを待っているときに耳に入った、結婚式関係の話を思いだしかかる。……が、ちょうどブライズルーム前に到着したこともあって、思い返すところまではいかなかった。

両開きの扉の片方が開いている。麻梨乃はドアを叩《たた》きながら中を覗《のぞ》きこんだ。

「失礼いたします。ことらへ来るように言われました、客室係の米倉で……す……」

言葉はすべて出たものの、直後、絶句する。

中を覗いた瞬間目に入ったのは、……一枚の絵画だ。

いや、その正体は、絵画のように絵になる男性の姿だった。

ブライズルームの中央、テラス窓をバックにした猫足のアンティークなソファに腰掛ける男性が一人。

長い足を組み、片腕を背もたれに沿わせた彼は白いタキシード姿だった。

嫌味《いやみ》に固めすぎないナチュラルなオールバックのせいか、鋭く綺麗な双眸《そうぼう》が目立ち、彼の凛々しさがとても際立って見える。

座っていてもわかるのは、手足が長く体格もいい。立ち上がったら、麻梨乃などは見上げてしまうほど背が高いのではないだろうか。

この服装を見てれば彼が新郎だとわかる。「あの人と結婚したら、これから一生監獄みたいなもの」とまで言われた男だろう。

どんなにニヤけた気色悪い男なのかと考えたが、気色が悪いどころか、男の色気にあふれていそうな男前だ。

こんな状態でなければ見惚《みと》れてしまっても不思議ではない。……あいにく、いい男だなとの確認ができただけで、それ以上のものを感じている心の余裕はないのだが……。

「ドアを閉めろ」

その声の重さに、咄嗟にビクンと背筋が伸びる。背後でドアが動く気配がして振り向くと、スーツ姿の男性が外からドアを閉めるのが見えた。

「こっちへこい」

閉まるまで見ていたところ、同じトーンで声がかかる。先程のはドアの外で待機していたらしい男性に言ったようだが、今のは明らかに麻梨乃に言ったのだろう。

慌てて振り向いて数歩近寄る。こっちへと言われても、どの程度近寄っていいものかわからない。二メートルほど手前で立ち止まり口火を切った。

「どのようなご用件でしょうか。ピローケースを替えた客室係をと……」

「あいつを逃がしたのはおまえだな」

言い終わらないうちに言葉が飛んでくる。不意打ちに真相を突きつけられるが、動揺するわけにはいかない。

「逃がした……とは、どういうことでしょうか。わたしはピローケースの交換を承《うけたまわ》り、お部屋へお伺いしただけです」

「枕カバーは、汚れていたのか？」

「……いいえ、特には。ですが、お客様が替えてくれとおっしゃるのでしたら替えて差し上げなくては……」

「逃げたい、とおっしゃったから逃がして差し上げた……ってところか」

麻梨乃はキュッと唇を結ぶ。すごく息苦しい。心臓が重くどくんどくんと脈打って、まるで彼の顔色を窺《うかが》いながら動いているかのようだ。

彼は麻梨乃が花嫁を逃がしたと確信している様子だ。しかしここは、無関係を装《よそお》いたいところ。

「わたしは……」

「これがなんだかわかるか」

またしても口出しさせてもらえない。問いかけてきた彼は、背もたれに引っかけていた手で、同じく背もたれに無造作にかけられている布の塊をポンッと叩いた。

ふわふわしたシフォンにレース。白い光沢のある生地。見覚えのある、これは……。

「おまえが脱ぐのを手伝ったウエディングドレスだ」

女性の部屋から持ってきたのだろう。ドレスは手紙にすぐ気づいてもらえるよう、テーブルの上に置いてきたのだ。

「手伝ってはいないと言いたいか？　残念ながらあいつがブライズルームから出て宿泊した部屋にいるあいだ、おそらくただ一人接触したであろうおまえが手伝わない限り、このドレスは脱ぐことができない。ドレスは背中に飾りがあって、一人ではファスナーを下ろせないようになっている。無理に下ろそうとすれば、背中のレースが裂けるかファスナーが布を噛《か》んで引っかかる。または……この面倒くさそうな飾りがぐちゃぐちゃになるか、だ。……崩れひとつなく脱ぎ捨ててあったということは、着替えを手伝ったやつがいるということだ」

ドレスを見ながら背部分の編み上げを指に引っかけて引っ張る彼は、言葉の最後でチラリと麻梨乃を見る。

威圧的な視線に混じる狡猾《こうかつ》さ。言い逃れできるならしてみろと言わんばかりの眼差しに、麻梨乃は身体が固まってしまった。

彼が言うとおり、ビスチェタイプのウエディングドレスはオーダーメイドで作られたかのように彼女の身体にぴったりで、背中のファスナーを下ろすだけでもひと苦労だった。

ファスナーは、確かに一人では下ろせない。これで編み上げがなければなんとかなったのかもしれないが、その他にもレースなどが邪魔をして、破り捨てる覚悟でもなければヘタなことはできないだろう。

「ドレスを脱ぐための助けが欲しくて、あいつは枕カバーを替えてほしいとフロントに連絡を入れた。そこで向かったのが客室担当のおまえだ」

彼の言葉には澱《よど》みがない。自分の言葉を疑っていないということは、麻梨乃が自分の結婚相手を逃がしたのだという説を間違いないと信じている。

確かに間違いではないのだが、まさかドレスを丁寧に扱ったことで協力者の存在を悟られてしまうとは思わなかった。

ここは、とぼけとおしたいところだが……。

彼の視線は動かない。麻梨乃がうなずく瞬間を見ようとしているかのように、冷たい眼差しを向け続けている。

蛇《へび》に睨まれた蛙《かえる》とはこういう気分か。麻梨乃も視線をそらせない。

「……恋人がいるから結婚したくない……。だから助けて。……とでも言われたか」

ビクンと大きく身体が震えた。

なんてことだろう。彼はなにもかもお見通しであるかのようだ。

「そんなことだろうと思った。だから逃がしたのか。ずいぶんとお人好《ひとよ》しだな」

どこか剣呑《けんのん》さを感じる笑みを浮かべて、彼は鼻で嗤《わら》う。

この男性をごまかし切るのは無理かもしれない。彼の前に立っていると心の中まで見透かされそうな錯覚を起こす。

麻梨乃はゆっくりと膝を折り、その場に正座をする。両手をそろえ、静かに頭を下げた。

「……申し訳ございません」

重たい空気が背中から圧《お》し掛かった。彼が鼻で嗤うのが聞こえ、さらに敗北感という重みで、麻梨乃は天井が落ちてきたかのような圧迫感に呑みこまれる。

「恋人がいるのに……結婚を強いられていると聞かされ……、同じ女性として、見過ごすことができず……」

言い訳がましいが、ほぼ間違いではない。逃がした女性の境遇は同情してしかるべきものだった。

同じ女性として共感してしまったという理由だけではないが、彼女に味方せずにはいられなかったのだ。

恋人がいる女性と結婚しようとしていたのだから、彼もそのあたりのことはわかっているのではないか。

「ふぅん……、まったくもって、お人好しだな」

……が、呆《あき》れたような忌々《いまいま》しげな口調を耳にして、血の気が引いた。

――殺される……。

瞬時にそう思ってしまうほど、その声には憎しみのようなものがこもっている気がしたのだ。

見たくないと思いつつもかすかに視線を上げると、忙《せわ》しなく上下する白い靴先が見える。

彼は……苛立《いらだ》っている……。

――絶体絶命だ。

その言葉が、こんなにも身に沁《し》みる日がくるなんて。

「顔を上げろ」

重い声が圧し掛かり……。

そして麻梨乃は、許してもらう見返りにとんでもない役目を引き受けることになるのである

――。

一条寺蒼真。それが彼の名前だった。

御年《おんとし》三十三歳と若いが、彼は一条寺産業の社長である。祖父が他界したことで、父親が早々に社長から会長に役目を移してしまった。必然的に彼が社長になったということらしい。

名前を聞いた瞬間に思いだしたのは、ブライズルームに入る前に思いだし損ねたエレベーター前での会話だ。

どこぞのお金持ちが、こんな半端な時期に挙式をする。それは彼のことだったのである。

そんな人物の花嫁を逃がしてしまったのだ。恋人がいる女性と無理やり結婚しようとするのはとんでもない話だと思うが、麻梨乃だって大変なことをしてしまっている。

下手をすればホテル側どころか麻梨乃自身が単独で訴えられたって文句は言えない。

それを、挙式のあいだ花嫁のふりをすれば帳消しにしてくれるというのだ。

……やるしかないだろう。

麻梨乃が了解をしたあと、彼の動きは速かった。秘書に命じ、結婚式の手伝いのために米倉麻梨乃を借りたいとホテル側に申し出、了解をとってくれた。

上客なのでホテル側も断れなかったのだろうが、これで安心して身代わりの役をすることができる。

麻梨乃も例のウエディングドレスを着なければならない。あれだけ脱がせづらいなら、さぞかし着づらいのだろうと思っていたのに、ドレスは快《こころよ》く麻梨乃を受け入れ、まるで専用に誂《あつら》えてもらったかのようにピッタリだった。

スカートはレースとシフォンをふんだんに使ったふわふわしたプリンセスラインだが、上身頃は身体の線がバッチリ出るビスチェタイプで、胸のサイズが合わなければ隙間ができるか肌が盛り上がって不恰好《ぶかっこう》に見える。

こちらもフィット感バッチリで、まるで胸のサイズを知られていたかのような恥ずかしさを覚えるくらいだった。

ブライズルームでバストサイズを聞かれたときはおののいてしまったが、おそらくドレスの胸周りが合うかどうかの確認だったのだろう。

だが、ドレスは合っても、もともとの花嫁とは顔のタイプが違う。そのあたりの不安はウエディングヴェールがなんとかしてくれそうだった。

使用するのはマリアヴェールというタイプで、ヴェールが顔の前に垂れるのはもちろん、豪華な刺繍がサイドラインを大きく飾っている。うつむき加減でいると横からはもちろん前からも顔がよくわからない。

挙式が三十分遅れになったことを好都合として、披露宴代わりの会食パーティは、花嫁の体調不良を理由に新郎新婦は欠席することになった。

これで花嫁が入れ替わっていることに気づく者はいないだろう。

その点に安堵《あんど》しつつ、麻梨乃は挙式に臨《のぞ》んだ。

まさか自分が結婚式なるものを経験するとは、夢にも思っていなかった。そんなものを考えるようなロマンチックな経験もなければ結婚式への出席経験もないので、正直なところなにがなにやらわからない。

ようはヴァージンロードなるものを歩き、祭壇《さいだん》の前で誓いを立てればいいのだと思う。

足の筋肉が慣れないハイヒールの不安定さと闘ってくれているなか、麻梨乃はうつむき加減でヴァージンロードを進む。祭壇が近くなってから顔を上げると、そこでは蒼真が待っていた。

結婚式、という雰囲気のせいだろうか、それとも祭壇をバックにしているせいだろうか、ブライズルームで見たときの凛々しさが百倍くらいになっている。

不覚にもドキリとしてしまい、麻梨乃は片手を預けながら目をそらしてしまった。

挙式自体は特に難しいことはない。牧師になにか質問された際に「はい」と小声でかわいらしく返事をすればいいだけだ。声が小さいことに関しては、花嫁の体調が思わしくないと言ってあるので問題ないのだろう。

しかし、聞かされていなかった最大の難関が降りかかる。

——誓いのキス、というものである。

（ほ、本当にはしないよね？　キ……キスってぇ……）

結婚式の誓いのキスとなれば、もちろん唇に、なのだろう。

そんなロマンチックな雰囲気を経験するような人生は歩んでいない。もちろんキスなんて未経験だ。

麻梨乃が動揺して動かないせいか、蒼真に両肩を軽く掴まれ向かい合わせにさせられた。彼の顔が見られず視線を下げていると、ヴェールが軽く上げられる。直後、チュッというかわいらしい音をさせて頬《ほお》になにか柔らかいものが触れた。

（え……？）

その意外な柔らかさと温かさに、麻梨乃は大きく目を見開く。

「……大丈夫だ……。泣くな」

それが、本当に蒼真の声だったのかはわからない。もしかしてそう言ってほしくて、聞こえたような気がしただけかもしれない。

聞こえた、というより、……耳元で囁《ささや》かれたせいか鼓膜《こまく》に響いたという感じだった。

唇ではなく頬へのキスが微笑《ほほえ》ましさを誘ったのかもしれない。参列者席からくすぐったそうな笑い声がかすかに起こった。

蒼真がすぐに祭壇に身体を向けてしまったので、合せて麻梨乃も正面を向く。

頬がくすぐったい。けれど、蒼真のおかげで今さらながら緊張がほぐれたような気がした。

――そうして、挙式は無事終了したのである。

(なんとか……終わった……)

その後、麻梨乃が連れて行かれたのは、本日新郎新婦が宿泊する予定となっている最上階のスイートルームだ。

式場を出てエレベーターを降りるまでは、やりきった感で呆然《ぼうぜん》としていた麻梨乃だったが、部屋に入った瞬間ヴェールをまくり上げて蒼真に詰め寄った。

「こ、これでよかったんですよね？　大丈夫ですよね？」

「ああ、みんなおまえを花嫁だと信じているだろう」

「じゃあ、あの、終わったので脱がせてくださいっ。ドレスっ」

「ん？　会食に出られなかったし空腹だろうから部屋で食事をしてから、と思ったんだが……。いきなりそっちか？　ベッド直行がいいとは見かけによらないな」

「ベッ……ト……、ちっ、違っ……！」

言葉の選択を間違ったようだ。自分の言葉を性的な意味でとられてしまったのを意識すると、頬が燃えるように熱くなる。

「ちっ、違いますよ、なにを言っているんですかっ。このドレス、一人で脱げないじゃないですか。ファスナーだけでも下ろしていただかないと……。脱がないと仕事に戻れません」

「仕事？」

「はい、この役目が終わったら客室の仕事に戻らないと……」

「それなら戻る必要はない」

「どうしてですか？」

「おまえは、本日付けで退職扱いになっている」

……目が点になる。というのは、こういう気分なのかもしれない。麻梨乃は目を大きく見開き、ぱちくりとさせる。

聞き間違いだろうか。今、とんでもないことを言われたような気がする。

麻梨乃の背をポンッと叩き、蒼真はついてこいと言わんばかりにリビングの入口をあごでしゃくって歩きはじめた。

「あの……退職って……、花嫁役を務めれば、今回のことは職場には……」

「安心しろ。クビになったわけじゃない。挙式準備中、客室係の米倉麻梨乃の働きが大変気に入ったので弊社で引き抜かせてほしいという話を、挙式のあいだに通しておくよう秘書と弁護士に指示してあった。昔風に言うなら身受けだが、今風に言うならヘッドハンティングだ」

「……はぃ？」

彼にうながされてリビングへ入る。麻梨乃はずっと開いた口がふさがらない。

「……どうして……そんなことを勝手に……。仕事辞めさせられちゃったら、困ります……。ここを辞めたら、従業員用のアパートも出て行かなくちゃならないし……」

職を失うだけではなく住む所まで失ってしまったら、非常に困る。蒼真の話が本当なら職を失うことにはならなそうだが、それにしたって住む所は大問題だ。

「こんな所で客室係なんぞやっていたら、俺の妻役は務まらないだろう。急ぎの式だったから新居は用意していなかったが、ひとまず俺のマンションに住めばいいだけの話だ」

「は？」

さらに大きな疑問を発し、麻梨乃は眉を寄せる。

話がわかるような、わからないような。

……わかるのが怖いような……。

蒼真にうながされるままリビングの中央まで進む。最上階のスイートルームだけあって、同じスイートでもジュニアスイートとは内装も調度品も違い、絨毯《じゅうたん》の踏み心地まで違った。

担当こそしたことはないが、研修期間に入ったことはある。室内がトータルできらびやかで、シャンデリアが点灯したときは、施設のクリスマスツリーより綺麗だと、思わず口をつきそうになった。

こんな場所に、仕事以外で入ることなんてないと思っていたのに。

「つっ立っていないで、座れ」

蒼真に背を押され、慣れない高いヒールに足をとられたこともあって、そばにあったソファにストンと座ってしまった。

「結婚したばかりで、妻が一緒にいないというのがどんなに不自然なことかわかるか？」

蒼真は目の前のテーブルに置かれたシャンパンクーラーからボトルを引き抜き、ソムリエナイフでコルクを抜く。一連の動作があまりにも鮮《あざ》やかで当たり前のように行うので、麻梨乃は目を大きくして見てしまった。

「なんだ？」

「あ、いえ、開けるのお上手なんだな……と思って。飲み慣れているせいですか？」

驚いた顔をしていたので蒼真が不思議に思ったのだろう。麻梨乃は感心して言ったのだが、彼は眉をひそめた。

「聞いているのは俺のほうなんだが？」

「す、すみません」

真面目に聞いていないと思われたようだ。肩をすぼめて小さくなっているあいだに彼の質問を思い返し答えを見つけようとするが、麻梨乃が口を開く前に蒼真が話を続けてしまった。

「新婚早々妻に出て行かれた夫。そんなレッテルを貼られるわけだ。非常に不名誉で、あっていいことじゃない」

「ですが……喧嘩《けんか》するほどなんとやら……とも言いますし……。新婚早々、痴話喧嘩《ちわげんか》とか、かえって『仲がいいですね～』なんて冷やかされそうでもありますが……」

「親族や取引先への立場というものがある。みっともない真似《まね》はできない」

「あっ、そうですね……」

笑いが引《ひ》き攣《つ》る。……社長も大変だ。

しかしそう言われてみれば、新婚早々喧嘩して妻に逃げられる社長なんて、はたから見れば笑い話にしかならない。

（……逃がしたのはわたしだしね……）

彼のように高い立場にいる人には、麻梨乃にはわからないつきあいや都合があるのだろう。体裁《ていさい》というやつかもしれない。

「飲めるだろう？」

なんだかわからないうちに細長いグラスを持たされる。細かい気泡《きほう》が弾《はじ》けるクリアゴールドの液体だ。

開けたボトルから考えてもアルコールだとは思う。くんっと鼻を動かすと、とても芳醇《ほうじゅん》ないい香りがした。

アルコールは強くはないが、飲めないわけでもない。渇《かわ》いていることを思いだした喉が急にその渇きを主張しだす。器官の粘膜がくっついてしまいそうな不快感に襲われ、麻梨乃はためらうことなく液体を喉に流しこんだ。

「わー、美味《おい》しいっ、なんですか、これっ」

大きく息を吐きながら、驚きの声をあげる。昼食の最後にお茶を飲んでからなにも喉に通していなかった。挙式の緊張もあってヒビ割れる寸前だった喉が、渇望するように水分を吸いこんでいく。

「ヴィンテージのシャンパンだ。気に入ったか？　聞くまでもないみたいだな」

クスリと笑われた気がして、かすかに羞恥心《しゅうちしん》が騒ぎだす。

「何杯飲んでも構わないが、とりあえずは乾杯させてくれ」

カラになった麻梨乃のグラスに液体を注ぎ、今度は彼女が口をつけないうちに蒼真は自分のグラスを打ちつけた。

グラス同士が触れ合う音は、こんなベルのような綺麗な音だっただろうか。そんな余韻《よいん》を感じていると、今度は蒼真のほうが一気にグラスをカラにする。

「せっかく結婚したんだから。気分に浸らないともったいない」

「結婚って……わたしは……」

「……偽装結婚みたいなものだが」

ポツッと呟《つぶや》き自分のグラスにシャンパンを注ぐ蒼真を見ていて、麻梨乃は言い返せなくなった。

彼が、どこか寂しそうに見える。

（この人……もしかしてあの女の人のこと、すごく好きだったんじゃ……）

花嫁がいなくなって、そのことに慌てるより結婚式ができなくなるという体裁を気にした彼。なので、てっきり形式上の結婚なのかと感じていた。

けれど……。

グラスを見つめながら、蒼真はどこか物思いにふける表情を見せる。麻梨乃を威圧し怖ささえ感じさせた双眸《そうぼう》に漂《ただよ》う哀愁は、自分のもとから消えてしまった花嫁を想ってのことではないか。

考えてみれば、社長という立場的な体裁を整えたいだけの結婚なら、なにもわざわざ恋人がいる女性を選ばなくてもいいのだ。

それも、逃がした花嫁の話を聞けば彼女は蒼真を毛嫌いしていた。

彼と結婚したら一生監獄に入っているのと同じだと。

名前だけの妻なら誰でもいい。蒼真の立場や容姿で考えるなら、彼との結婚を望む女性など手を伸ばせばすぐ腕の中に入ってくるくらい、たくさんいるだろう。

それなのに、自分をよくは思っていない女性を選んでいた。

蒼真は彼女が好きだったのだ。憎まれてもそばに置きたいほど。

そんな彼女を……麻梨乃が逃がした……。

「あの……ごめんなさい……」

シャンパンのグラスを口元に運び、麻梨乃は弱々しい声をその中に響かせる。

「わたし……、貴方《あなた》の気持ちを考えていなかった……。女の人……貴方のもともとのお嫁さんが……、恋人がいるのに結婚させられてしまうって泣いていて……」

「同じ女性として見過ごすことができなかったんだろう？　……情け深いのは……悪いことじゃない」

蒼真の口調には棘《とげ》がなく、とても思慮深く感じた。麻梨乃の気持ちをわかってくれた、そんな気がして、ゆるやかに緊張の糸がほどけていく。

グラスをカラにして、麻梨乃はゆるんだ糸のあいだに本当の気持ちを紡《つむ》いだ。

「恩もなにもなくて、憎んでさえいる人たちに利用されて結婚する、って聞かされて……。どうにも黙っていられなかったんです。……わたしと……同じだ、って……。そう考えたら、つらくて……、どうしても彼女を逃がしてあげたくなった……」

逃げて、逃げて、逃げ延びて……。

どうか……幸せになって……。

そう願わずにはいられなかった。

「おまえ……、誰かから逃げているのか？」

蒼真の声が少し深刻さを増した気がする。こんなことを話したってこの人には関係がないし、気安く打ち明けることではない。そう注意を促す自分が顔を出すが、またもやグラスに注がれたシャンパンの気泡があまりにも自由に弾けるので、麻梨乃の心も少し自由に引っ張られた。

「親戚……主に叔父《おじ》なんですけど……」

思いだそうとすると自然に眉《まゆ》が寄る。思いだしたくないというよりは、考えたくないレベルだ。

放っておいてほしい。

もう、あの人たちにかかわりたくない。

口に出せばいやなことを思いだしてしまうからやめたほうがいい。やめようとしている自分は、確かにいるのに……。

グラスを満たしたシャンパンを口に含み、麻梨乃は口腔《こうこう》内の心地よさに誘われて口を滑らせる。

「わたしが小さなとき……父と母が事故で亡くなって……。そのとき、叔父が父の会社を乗っ取ったんですよ。わたしは祖父から受け継がれていた家も追い出されて……施設に入れられて……そこで育ちました」

まさかそんな内情が飛び出してくるとは思わなかったのだろう。蒼真の動きが止まる。驚かせてしまっただろうとは思うものの、麻梨乃は話を続けた。

「創業者の娘だし、父は顔が広い人だったので、叔父は自分が面倒を見ているっていう体裁が欲しかったんだと思います。わたしが施設に入っているあいだもずいぶんと寄附《きふ》をしていたみたいで、わたしは他の子より優遇されていたと思う。……そのせいでいじめられたこともあったけど……。それでも、高校を出て、大学まで行けたのは、多額の寄附があったからなんでしょうね。……そこまでできるほど叔父が潤《うるお》っていたのは、父の会社を乗っ取って、わたしの後見人とか旨《うま》いことを言ってだまし取った遺産のおかげですけど」

当時は幼すぎてなにもわからなかった。成長するにつれて叔父の悪辣《あくらつ》さに気づいていったのだ。

すべてを悟《さと》ったときには取り返しがつかないほど手遅れで、会社の役員も、弁護士も、すべて叔父の言いなりだった。

どうにもできないなら関わらなければいい。そう思っていた矢先、とんでもない話を持ちかけられた。

――大学を卒業したら、取引先の息子と結婚しろという話だった。

「乗っ取ったときは、父のおかげで業績がうなぎのぼりの優良企業だったみたいですけど、叔父の代になってからは少しずつ衰退していたようです。近年では会社の現状は限りなく思わしくなくて、……それを、援助してもらうために、大企業の跡取りとの結婚を勝手に決めてきたらしくて……。父と懇意にしていた会社だそうで……、創業者の娘だし、話も進めやすいって。『お父さんが作った会社を潰《つぶ》したくないだろう』って……上手《うま》いことばかり……」

その話をするため、何年振りかで顔を見せた叔父を、今でも気持ち悪いほど覚えている。

顔面に貼りついていたのは、上っ面だけの媚《こ》びるような笑顔。……蹴《け》り飛ばしてやりたい衝動を抑えるのに苦労したのだ。

麻梨乃を利用しようとした叔父の計画は周到だった。大学を卒業したら中堅企業への就職が決まっていたのに、結婚が決まったからということで、勝手に辞退の申し出をしていたのだ。

「冗談じゃない……。恩どころか恨みしかないのに……。できればもう一生かかわりたくないのに……。どうしてそんな人間のために、自分の人生を決めなくちゃいけないの。……父が興《おこ》した会社でも、もう、わたしには関係ない。……だから、逃げたんです」

施設を出て、遠く離れたこの高原のリゾートホテルで働きはじめた。

明るく素直な性格が気に入られ、フロントの研修も受けないかと勧められたが、フロントだと多くの人間に顔を見られてしまう。見つかる可能性は極力避けたい。しばらくは客室係として、ホテルのことやゲストへの対応を学びたいと熱望したのだ。

叔父には、もう一切かかわりたくないから結婚は断るとの旨《むね》を伝えてある。行先も告げず姿を消した形だが、自主的なことであり行方不明などではないため、騒ぎにはなっていないだろう。

それから半年。

まさか、こんなところで思い出話をすることになるとは。

麻梨乃は中途半端に残っているグラスの中身をグイッとあおり飲む。一気に喋《しゃべ》ったうえ、いやな顔を思いだして頭に血がのぼったのを冷ましたかった。

心地のよい冷たさと炭酸の爽《さわ》やかさに、ほんの少しの癒《いや》しをもらい、フゥッと軽く吐息する。

(喋りすぎたかな……)

かすかによぎる後悔。それでもすぐに、まぁいいかと思えてしまうのは、確かに回ってきていると感じるシャンパンの酔いに騙《だま》されているのかもしれない。

頭上からクスリと小さな笑い声が落ちてくる。ワケアリな話を聞いて笑うなんて悪趣味な男だ、とは思うが、出会ったばかりの女に花嫁役をやらせるのだから、もともとの性格が悪趣味なのだろう。

「お嬢様にしては、ピッチが速いな」

カラにしたグラスを支えられ、そこにまた液体が注がれる。麻梨乃の気持ちを癒そうとしているのか、それとも我関《われかん》せずなのか、シャンパンの気泡は相変わらずグラスの中で楽しそうに舞っていた。

その軽やかさにわずかな羨望《せんぼう》を感じた直後、あることが気になりだして、麻梨乃は蒼真に顔を向ける。

「……嘘だと思っています？」

考えてみれば、いきなりされるには突拍子《とっぴょうし》もない話かもしれない。彼が笑ったのは、よくもいきなりそんな作り話ができるなと呆れたからではないのだろうか。

……でも、絶対信じてほしいとは思っていない。今さらどうしようもないことだ。そんな諦めがある。

「と、いうことは、君はもともとはお嬢様、ってことだろう？」

今まで「おまえ」呼びだったのに、いきなり「君」になった。お嬢様なんて言葉を重ねて使われると、からかわれている気分になる。

「信じてくれなくてもいいです。……わたしみたいに、人のお嫁さんを逃亡させるような思いやりのない常識知らず、お嬢様なはずないし」

「いや、そんなことはない」

蒼真がゆっくりとソファに腰を下ろす。それも麻梨乃の真横だ。困ったことにドレスのスカートをよけないまま座ってしまったので、麻梨乃は動けない。

早い話が、真横にぴったりくっつかれてしまっている今のような状態でも、彼から離れることができないのだ。

おまけに……。

「君は、思いやりがあって優しい女性だ……。情に篤《あつ》い気持ちがなければ、今回のようなことだってできないはずだ」

ソファの背もたれに片肘《かたひじ》をかけた蒼真が、吐息がかかるほどの至近距離でおだやかな声を出す。

そんな声を聞いてしまったことにも驚くが、なんといってもこの近さが麻梨乃を慌てさせずにはいられない。

「あっ……あのっ、近い……」

身体ごと移動は無理としても、麻梨乃は上半身をかたむけて離れようと試みる。すると背もたれにあった腕で肩を抱かれ、グッと彼のほうへ引き寄せられた。

「不都合はない。今夜からは夫婦だ」

「代役ですっ」

「俺は構わない」

（いや、構うでしょっ、ふつうっ！）

かつてないほど身体が密着している。心で文句を言ってもそれに伴う動きができないでいると、いきなり頬に蒼真の唇が触れた。

「大丈夫だ……。泣くな」

慰めの言葉は、優しいトーンで胸に響く。

挙式のときも、頬にキスをした蒼真はそう囁いた。気のせいかと思ったが、あれは現実だったのだろう。

あのときと同じだ。彼に囁かれたとたん、ふっと心が楽になる。緊張の糸がほどけるというのとは、また違った感覚だ。

（なんだろう……これ）

胸の奥がくすぐったい。温かいものが湧きだしてきて……、なぜか、泣きたくなる……。

「どうしてでしょう……」

「ん？」

「……式のときもそうだったんですけど……、一条寺さんに……頬にキスをされると……、すごくホッとして、泣きたくなるんです……」

本心がスルッと口から出る。蒼真が驚いた顔をしたあと切なげに目を細めたが、その理由を考えることができない。

「あ……」

心を持っていかれそうになったせいか、手の力が抜けてグラスを落としかける。麻梨乃が反応する前に、蒼真が彼女の手ごとグラスを押さえた。

「やはり、ちょっとピッチが速かったな」

「すみませ……」

喉が渇いていたのも手伝って、次々と飲み干してしまっていた。三杯飲みきるには早すぎたかもしれない。

四杯目が手元にある。注がれたからには飲みきらなくては、という妙な義務感にとらわれグラスを口元に持っていこうとするが、彼女の手を握っている蒼真に止められた。

「駄目だ。全部はやらない」

麻梨乃の手ごとグラスを持ち、蒼真が中身をグイッとあおる。

自分が使っていたグラスに口をつけられただけでもうろたえてしまうのに、「全部やらない」ということは半分こにする、ということだろう。

半分こ、というワードに密《ひそ》かなときめきを覚えたものの、蒼真はグラスをカラにしてしまった。

一口もくれないじゃないですかと恨み言をぶつけてやろうか。小さな企《たくら》みをたてたとき……。

肩を抱く腕に力が入り、——蒼真の唇が、麻梨乃の唇に重なってきた。

麻梨乃は一瞬目を見開く。が、彼女の様子を窺うように半眼になっている蒼真の双眸《そうぼう》に耐えられず、グッとまぶたを閉じてしまった。

目を細めた彼が怖かったのではない。

細めた眼差しに宿る色香に、耐えられなかったのだ。

「フゥ……ンッぅ……」

眼差しに戸惑《とまど》い、重なった唇にうろたえた直後、口腔内に液体が流れこんでくる。すぐにシャンパンのおすそわけだとわかった。

口移しで分けてくれるとは予想外すぎて、麻梨乃は喉でうめき、されるがままになってしまう。

口腔を満たすシャンパンは先程までグラスから飲んでいたものと同じなのに、それより少し濃厚に感じるのはなぜだろう。

流しこまれるぶん少しずつ飲みこんでいくが、慌てているせいか嚥下《えんげ》できなかった液体が唇の端から漏れていく。

口から漏らしてしまうなんて恥ずかしい。すると、そんな麻梨乃の羞恥を悟ったかのように液体を流しこんでいた唇が離れ、鎖骨《さこつ》の近くに吸いついてぺろりと首を舐《な》め上げられた。

「ひゃっ、やっ……ぁ」

それに驚いて顔を下げ肩をすくめる。今度は耳殻《じかく》にぬるりと舌が這《は》い、ゾクゾクした震えが上半身に走った。

「ぁぁあっ……」

「なかなかいい感度だ。俺を煽《あお》るだけのことはある」

「煽っ……ンッ！」

煽るという言葉がとてもいやらしいものに感じた直後、耳朶《じだ》を食《は》まれ、先程とは比べものにならない震えが走った。

「そんなに震えるな……、かわいいから……」

意外な言葉を聞いて驚いている暇もない。カラになったグラスをソファに放置し、蒼真はひょいっと麻梨乃を抱き上げた。

「あのっ……」

ウエディングドレス姿でお姫様抱っこをされてしまうなんて、信じられないことだ。

こんな、映画か結婚情報雑誌のグラビアページみたいなこと、まさか自分が経験してしまうとは思ったこともない。

しかし驚いて暴れそうになった手足は、どことなくふわふわとして動かない。手足だけではなく、身体全体が浮き上がっている心地だ。

抱き上げられているのだから浮いてはいるのだが、そういうことではなく重力を感じない。本当に雲にでも乗っているかのよう。

足の先の重みがぽろっと落ちる。おそらくバランスを気にしながら履いていたヒールの高い靴が両方脱げたのだろう。

（……飲みすぎたのかな）

単純に酔いが回っているのか……、それとも……。

麻梨乃はチラッと蒼真に視線を向ける。ずっと彼女を見つめていたのかすぐに目が合い、秀麗な微笑みを向けられた。

「いいな……、すごく色っぽい顔をしている……。ゾクゾクくる」

（どんな顔なんですか、それっ）

心では思うが口が動かない。それどころか表情筋が弛緩《しかん》して、引き締められないのだ。

「言いかたを替えればエロい顔、だけど、そういう顔が得意なのか？」

（そんな顔をしている気はまったくございませんっ）

なにか誤解をされているような気はするが、なにも言い返せない。そうしているうちに薄暗い部屋へ移動し、ふわっと、本当に雲のような柔らかい場所に下ろされ……くるんっと、うつ伏せに返された。

そこで、これがベッドの上であり、ここがおそらくベッドルームであることに気づく。

「頬にキスをされて泣きたくなったとか……、そんなことを聞くと俺のほうが泣きそうだ……。あんまり煽るな……ギリギリまで我慢しようかと思っていたのに」

髪からヴェールを外され、視界がクリアになる。とはいってもベッドルームの薄暗さで、寝かされているベッドと横に膝をついた蒼真の姿くらいしか見えない。

蒼真はスカーフタイを外し、無造作にタキシードを脱ぎ捨てていく。ウエディングドレスがオーダーメイドっぽいので、もしかしたらタキシードもそうかもしれない。私物だから扱いが雑なのかもしれないが、安いものではないだろう。

そんなに何気なく扱っていいものなのかと、麻梨乃のほうがハラハラする。

蒼真はそんなハラハラを加速させる。ドレスの背中にある編み上げ部分のリボンをほどいて大きく左右に広げると、ファスナーを下ろし、一片の迷いもなくドレスを引き下ろしたのだ。

「ひぇっ……！」

その手荒さに驚くが、思いがけずドレスがスポンッと脱げてしまったことにも信じられないくらいの驚きを感じた。

あれだけ脱ぐことに困難なイメージがあったドレスなのに、こんなにも簡単に脱げてしまっていいものか。

それも蒼真はさっさとベッドの外に放ってしまったので、麻梨乃はショーツ一枚の姿で彼に背を向けていることになる。

逃がした花嫁はドレスの下にコルセットのような下着をつけていたが、麻梨乃は急いでいたこともあり無駄なものははぶいた。

ドレス自体がバストラインを綺麗にとったビスチェタイプだったので、ブラジャーもなくて平気だったのだ。

「あ……のっ」

シャンパンのせいでぼんやりしているが、この状況で黙っていてはいけない。これは、もしかしなくても貞操《ていそう》の危機というやつだ。

なんとか上半身を動かして振り向く。起き上がれるかと思ったが、麻梨乃の動きはピタッと止まった。

蒼真が、なんとも言い難《がた》い切ない顔で麻梨乃を見つめている。

顔を見ているのか身体を見ているのか、どちらとも言えないが、それでも、こんな恥ずかしい姿を見られていることには変わりない。

蒼真がなんの目的でベッドルームへ連れてきたのかは、もちろんわかる。

麻梨乃のワケアリな事情を話したあとから、どことなく雰囲気がおかしかった。「今夜からは夫婦だ」と断言されたあとにベッドルームへ移動して身ぐるみはがされたとなれば、そこから考えられるのはひとつだ。

けれど、彼はなぜ、こんなやるせないと言わんばかりの表情になっているのだろう。

しかし、……疑問はすぐに解決する。

蒼真がこんな顔をしてしまうのは当たり前だ。

仮に嫌われていたって、本当ならこうして新婚初夜を迎えている相手は自分が好きな女性のはずだった。

それを麻梨乃が逃がしてしまったから……。蒼真は、行き場のない想いをどうしようもできなくなっているのではないか。だから、身代わりでも構わないと、麻梨乃を抱こうとしているのではないか。

「そんな、おびえた顔をするな」

おびえたつもりはない。かえって申し訳なさを感じるあまり、自分がしたことにおびえてしまっているのではないかとさえ思う。

身をかがめ、蒼真が顔を近づける。大きな手で背中をゆっくりと撫《な》でおろされ、肌の表面から微《び》電流が流れてくる感覚に襲われた。

「悪いようにはしない。俺を信じろ……麻梨乃」

厳しいのに、なぜか慈《いつく》しみを感じる声のトーン。さらに名前を呼ばれ、鼓膜から脳が痺《しび》れる。

蒼真の唇が頬に触れる。その温かさに気が抜けて浮きかかっていた身体がシーツに落ちると、クスリとくすぐったそうに笑われた。

「……わたしで……いいんですか？　あの……慣れている女じゃないといやだとか……ないですか……？」

恥ずかしかったが覚悟を決めて聞いてみる。これだけ容姿に恵まれていてお金持ちで社長なら、彼のやるせなさを解消するための相手はいくらでも見つけられるだろう。麻梨乃で間に合わせなくてもいいのだ。

「すごいことを聞くな。麻梨乃は〝慣れた女〟なのか？」

「いいえっ……、あっ……まったく、……こういうことは、知りません」

回答にうろたえる質問をされてしまったが、麻梨乃だって、慣れた女じゃなきゃ……なんて、いかにも蒼真が性的な部分にこだわりを持っていそうだという偏見《へんけん》のある言いかたをしてしまった。

かすかに自己嫌悪に陥りそうになったとき、またもや頬に彼の唇が触れる。

「そのほうがいい。大丈夫だ、……泣くなよ？」

不思議だ。どうして彼の唇が頬に触れると、気持ちが落ち着くんだろう。

頬にあった唇が耳朶を甘噛《が》みしたあと、首筋から肩へ流れていく。彼の唇が移動するたびゾクゾクして、適温で温かい部屋にいるのに、身体が震える。

「ハァ……ぁ、んっ……」

口で呼吸をすると、なぜか切なげな吐息になる。身体が反応していると思うと恥ずかしくて、口を閉じようとしても胸の鼓動が速いうえ、うつ伏せになっているせいで胸が苦しい。鼻で呼吸するだけでは空気が足りないのだ。

「ぁ……ぅン、ハァ……」

恥ずかしいのに止まらない。蒼真の唇は背中を這い、肩甲骨《けんこうこつ》の上で軽く歯をたて腰の柔らかな部分へと吸いついてくる。まるで麻梨乃の声を途切れさせまいとするかのように、次々に刺激を与えた。

「ン……や……ダメ、くすぐった……ぃ……」

蓄積《ちくせき》されていくじれったさと恥ずかしさに耐えきれず、麻梨乃は身体を左右に焦《じ》れ動かし意思表示をする。唇が離れ、ゆっくりと身体をあお向けに返された。

「処女にしてはいい反応をする。気持ちいいか？」

カアッと顔が熱くなった。薄闇《うすやみ》なので真っ赤になったのまではわからないにしても、あお向けにされたことでショーツを残してほぼ全裸状態の身体が彼の前にさらされている。その恥ずかしさも相まって耳まで熱い。

「く、くすぐったかった……だけです……」

言い訳をしつつ、さりげなく両腕をクロスさせて胸を隠す。背を向けているあいだに蒼真は服を脱いでいたらしく、すでに上半身だけ裸だった。

「わざとらしく隠すな。見せろ」

さりげなく隠したつもりだったが彼には気になったらしく、両手首をとられ左右に開かれる。焦りと照れで、麻梨乃は反射的に口を開いた。

「見、見せろって、なんですかっ」

「俺が見たいから言っている。なにか問題があるか」

問題……あるような、ないような。いきなり夫婦を偽装する関係になってしまったうえに新婚初夜だ。

こうなることを理解して麻梨乃は腹をくくったのだから、ここで隠すのは往生際《おうじょうぎわ》が悪いというか、みっともないことのような気がする。

「……ない……です」

降参ですと言わんばかりに力を抜く。手首から離れた手が重なって指にからまる。キュッと柔らかく握られた瞬間、胸の奥が、とくんっ……と跳ねた。

「恥ずかしがるな。俺しか見ないから。……だから、俺にしか見せるな」

よくわからない言い分だが、ここには蒼真しかいないのだから彼以外に見せるはずもない。そう思っても屁理屈《へりくつ》は言わないで「はい」と素直に返事をする。

「いい子だ……麻梨乃」

すると、ご褒美とばかりに柔らかな微笑みが目の前に広がる。またもや鼓動とは違うものが胸の奥で跳ねた。

不可解な自分の反応に戸惑いを感じながらも蒼真を見つめていると、今度は彼の唇が麻梨乃のそれに重なってくる。

表面を擦りつけるような動きのあと、軽く吸いついては離れ、今度は強く吸いついて。先程シャンパンを口移しにされたときとはまったく感じが違う。繰り返されているうちに、またあの酔いを思いだしたかのように頭がぼんやりしてきた。

「麻梨乃は……キスもしたことがないんだな」

どうしてそんなことがわかるんだろうとは思うが、黙って固まって蒼真のなすがままになっていることしかできないから、わかる人にはわかるんだと一人納得する。

ゆるく出会っていた唇のあわいから彼の舌が潜りこみ、歯茎や頬の内側を撫でていく。口腔内にもぞもぞとしたじれったさが広がって、意識的に奥へ逃げていた舌がピクピク動いた。

「ハァ、ぁ、……あっ！」

呼吸のタイミングがわからなくて不規則な吐息を漏らしていたなか、大きな刺激を感じとった身体が声をあげる。

蒼真は麻梨乃が声をあげた理由に気づいているが、そのままキスを続けた。

「んっ……ぅ、んっ……」

喉が切なくうめく。麻梨乃は身体の横でシーツをグッと握った。

彼女の手を握っていたはずの蒼真の両手は、胸の上で盛り上がる白いふくらみをとらえている。弾力を探るように指を動かされ、円を描きながら揉《も》み動かされた。

左右がまったく違う動きをしているのを感じると妙な気分だ。そこからじわじわと広がっていく温かさが腰の奥を刺激し、ずくんずくんと重く疼《うず》きはじめた。

「んっ……ぅ、ンッ……ハァ……」

それが徐々に大きくなっていく。やがてその塊が足のあいだに落ちてきて、ぷくん……と弾け、広がる。

「ぅ……んっ、ンッ！」

不思議な刺激に驚いて、思わず腰を伸ばし両腿《もも》を強く締める。反応に気づいた蒼真が唇を離し、意味ありげに口角を上げた。

「どうした？」

「ぁ……いえ、……なんでも……」

身体の中でなにが起こったのかはなんとなくわかるものの、口に出して言うのもどうかと思う。

——濡《ぬ》れたみたいです、なんて……。

しかしそんな反応を起こしてしまった自分を確認するように両腿を擦り合わせていたせいか、蒼真に悟られてしまったようだ。出し抜けに胸の突起を指の腹で転がされた。

「あっ、やぁ……」

「いい感じに硬くなっている。ここの先端は興奮するとこうして硬くなる、知っていたか？興奮して股が濡れるのと同じだ」

「あっ……ぁ、知らな……んんっ」

「それなら覚えておけ。ほら、転がしていじってくださいって言っているような硬さになる。麻梨乃が気持ちよくなっている証拠だ」

「うっ、ンッ、やぁぁ……ダメぇ……」

いじられる胸の突起が喜んでいる気がする。コロコロ転がって、嬉《うれ》しそうに彼の指に吸いついている感じさえする。

そう思ってしまうのは、胸の先端をもてあそばれればもてあそばれるほど、そこから広がる刺激で足のあいだに羞恥の泉が湧き出るのを感じるからだ。

お腹の奥のほうからコポコポと浮いてきて、シャンパンの気泡のように外へ弾けていく。それを足のあいだに感じるのだ。自然にモジモジと動いてしまう。

「やっ……ダメっ、一条寺さ……ぁ、ンッ、それ……あっ」

「わかった。指でいじるのは駄目なんだな?」

次の瞬間両胸を寄せ上げられ、蒼真が片方の頂《いただき》を舐め上げる。

「あっ……！」

ビクンと大きく身体が震え、そのことに羞恥する間もなく唇の先で連続して吸い上げられた。

「あっ……ぁぁっ、やっぁぁんっ……！」

「イイ声だ。もっと聞かせてくれ」

今度は強めにちゅぱちゅぱと吸いたてられ、こっちもとばかりに逆側も咥《くわ》えこまれる。

寄せたふくらみの頂点をふたつ一緒に舐め回され、その様子を視界に入れてしまうだけで体温が上がるのに、加えられる愛撫《あいぶ》が刺激的すぎてつらい。

「あぁぅ……ん、や、ぁ、胸ぇ……」

もどかしさが腰の奥に溜《た》まって、胸から蜂蜜《はちみつ》のようにトロリと重く広がっていく快感が堪《たま》らない。つい腰を揺らしてしまうものの、足のあいだに感じる変化に泣いてしまいそうだ。

「そこ……ダメ、です……あっぁ、ゥン、ハァ……」

「気持ちよすぎて?」

「やっ……一条寺さ……ぅうンッ、ぁ、やぁん……」

否定をしながら首を左右に振る。しかしつらいくらい官能を刺激されているのは間違いじゃない。顔の横で掴んだ枕を口元まで引っ張るくらい力を入れ、麻梨乃はハジメテの身体に与えられる容赦のない快感に耐える。

「こんなイイ反応をされると、抑えが利《き》かなくなりそうだ」

乳頭を甘噛みされ根元を歯で横に擦られて、駆け抜ける愉悦に耐えられない。

「あうっ……ウンッ、一条さぁ……んっ、ぁ、やぁああっ――――!」

擦り合わせ続けていた足のあいだで、なにかが弾け飛ぶ。ゾクゾクした愉悦がそこから広がり、しかし全身には行き渡らずフェードアウトしていく。

「あぁぁ……ん、やぁ、ん……」

それが歯痒《はがゆ》くて堪らない。なんとかしたくてまた内腿を擦り動かすと、胸から片手を離した蒼真に手と膝で両足を開かれた。

「処女でも自分で気持ちよくなる方法は知っているんだな。でも駄目だ。俺にやらせろ」

「そんな、知らな……、ンッ……」

「モジモジ動かして気持ちよくなっていただろう。ごまかさなくていい」

「そんなことは……あぅ……ん……！」

蒼真の手がずっと擦り合わせていた足のあいだに触れるのを感じて、麻梨乃は咄嗟に両手を伸ばす。今そこに触れられるのはとんでもなく恥ずかしい。

「ダメっ……あっ！」

彼女の焦りを歯牙《しが》にもかけず、蒼真の指は、ただ一枚、麻梨乃の肌を隠していた小さな布の中心をくにくにとこね回した。

「や、ああっ……あ、さわらな……ぅうんっ」

「こんなにぐちゃぐちゃにして、なにを言っている。感じまくって軽くイったうえ、足りないからもっと、って感じだ」

「そっ……そんなこと……やぁっ、あっあ……！」

いやらしい反応をしていると言われ、反抗したいところだが感覚的に間違いではないので出すべき言葉がない。

それどころか、反応を見てそれだけわかるなら、この身体に溜まり続ける不可解な衝動をどうにかする術を、彼なら知っているだろうと期待をしてしまう。

「一条寺さ……ん、ぁっ、あン、こわぃ……」

そう考えると本音がこぼれてくる。麻梨乃だって不安なのだ。感じたことのない未知の快感にばかり襲われて、この反応は正しいのか、身体にさわられる行為は初めてなのに、……こんなに、気持ちよくなっていいのか……。

最後の砦《とりで》になっているショーツは、水でも被ったかのようにびしょ濡れだ。蒼真が指で遊んでいるクロッチ周辺はもとより、お尻のほうまで湿り気が広がっている。

濡れた布がたてるぐちゅぐちゅという音で、自分がどれだけ感じていたのかを思い知らされる。

ずっと続いていたお腹の奥から気泡が湧き上がってくる感触も、麻梨乃が気持ちよくなって足のあいだに快感を垂れ流していることを教えてくれていた。

「あぁぁ……ごめ、なさぃ……、一条寺さん……ごめんなさ……」

怖い。

どうにかしてほしい。

でも、ハジメテなのにこんなに反応してしまっていることが恥ずかしくて、なぜか彼に申し訳ない。

心の中が複雑な想いでいっぱいになって、麻梨乃の喘《あえ》ぎに泣き声が混じる。こういった快感に慣れていれば、もう少し冷静に対処できたのだろうか。

「なにを謝っているんだ。馬鹿だな」

クスリと笑った蒼真が、麻梨乃のまぶたに、そして頬にキスをする。

「大丈夫だ。……泣くな」

それは本当に、魔法だと思う。

――なぜ、こんなに気持ちが落ち着くのだろう……。

「麻梨乃がたくさん感じてくれたら、俺は嬉しい。よけいに滾《たぎ》る」

「一条寺さん……」

いいことを言ってくれたような、ドサクサに紛《まぎ》れていやらしいことも言われてしまったような。微妙なものはあるが、それでも頬から伝わった温かさが、麻梨乃の心をおだやかにさせる。

彼に任せていいんだ。そんな気持ちになった。

「最初から脱がせてやればよかったな」

蒼真がショーツに手をかける。腰を軽く持ち上げられ最後の布を下ろされるものの、お尻のほうまでぐしょ濡れになっているせいかクルクルと丸まりながら腰から抜けていった。

「水でも被《かぶ》ったみたいにびしゃびしゃだな」

「ご、ごめんなさい……」

わずかに膝を立てて脱がせてくれているのを手伝う。濡れた布が足から抜けると、さらに膝を立てさせられ大きく開かれた。

「あ……」

「こんなになっている麻梨乃を見ると理性もぶち切れそうなのが本音なんだけど、……少し綺麗にしてやる」

「え……なに、……あっ！」

いきなり襲った感触に驚いて、麻梨乃は腰をずり上げようとする。が、足のあいだに顔を埋めた蒼真に両手で腰を押さえられ、動くことができなくなった。

「やっ……ダメェ……そんな、とこ、あぁっ！」

唇をつけられている場所の恥ずかしさもあって、麻梨乃は両手で蒼真の顔をよけようとする。

彼の頭に触れたところでなんともいえない感触に連続して襲われ、咄嗟に髪の毛を掴んでしまった。

「ぁっ……ウンッ、や、あぁっ……ダメ、舐めちゃ……あぁっ！」

ぬらぬらとした温かい舌が、恥ずかしい場所を這い回っている。綺麗にしてやると言った彼の言葉どおり、愛液で濡れた場所をすべて舐めてしまうつもりのように思えた。

「ああ……ンッ、ハァぁ、一条寺……さぁ……」

「そんなに焦らなくていい。綺麗にしているだけだ」

「だって……ひぁ……ンッ！」

秘唇をくり抜くようになぞっていた舌は、そのまま上ではなく下へ移動する。腰から離れた手が内腿を押し上げ、舌がお尻の谷間へ潜りこんだ。

「やっ……ダメっ、あっ……あ、そこぉ……」

「駄目じゃない。垂れてべちゃべちゃなんだ」

舌が大きく動いてぬめりけを舐め取る。下唇を噛んで羞恥に耐えた麻梨乃だったが、出し抜けに膣口《ちつ》を吸い上げられ、首をそらして喜悦の声をあげた。

「ひぁっ……！　ぁぁンッ、やっ、や、ぅンッ！」

握っていた蒼真の髪をぐしゃぐしゃっと混ぜて、再びキュッと握る。じゅるじゅるじゅるっと吸いたてる音が大袈裟《おおげさ》なのか必然なのか、麻梨乃にはわからない。

ただ、そこから伝わってくる微《び》振動が蜜孔を刺激して、堪らない気持ちよさがくる。

「ダ……メぇ……、ぁ、また、おかしくな……あぁっ！」

微妙に膣口の内側をくすぐられているような甘い快感。もっと欲しいとばかりに、締まったりゆるんだりを繰り返しているのがわかる。

無意識のうちに身体が反応する。その収縮が密やかに愉悦《ゆえつ》を溜めこみ、一気に放出させるべくたくらんでいるかのようだ。

胸をいじられて内腿を擦り続けられたときに似ている。どんどん小さな快感が溜まっていくのだ。

（どうしよう……このままじゃ……）

また先程のようなことになってしまう。勝手に感じて、勝手に弾けてしまう。

「や、め……、吸わない、でぇ……ダメェ……、おかしなことに、なっちゃうからぁ……」

蒼真の髪を握ったまま腕を震わせる。離してほしい、やめてほしいというリアクションだが、本当はやめてほしくないと思う自分もいるのがわかるので、強く押しのけることができない。

彼の動きが止まり、離してくれるのかと目を向けると視線を上げた蒼真と目が合う。にやっとした彼の不敵な笑みが、薄闇のせいか怖いやら妖《あや》しいやら。早鐘《はやがね》を打つ鼓動も、なにに対してなのかわからなくなる。

「じゃあ、おかしなことになれ」

艶声《つやごえ》が肌を震わせた直後、おそらく最大級と思われる性感帯を吸い上げられる。ビリビリとした高い電流に甘電《かんでん》して、麻梨乃は一気に弾け飛んだ。

「や……アぁぁンッ……ぁぁ――――！」

腰を浮かせ秘孔をキュッと締めたまま動きが止まる。小さなうめきが糸を引き、途切れると同時に腰が落ちた。

「あっ……あぁ……」

「意地っ張りだな……。イきたいなら素直にイっていいのに」

蒼真が上半身を起こすと、麻梨乃は急いで膝を立てたままの両足を閉じ、太腿を両手で押さえる。

二度目は最初より刺激が大きかった。膝が痙攣《けいれん》して止まらないのだ。

「だって……なんだか、勝手に、こんな……」

「勝手に気持ちよくなったわけじゃない。俺がしたことに身体が反応しているんだ。気持ちがいいなら素直に感じていろ。よけいなことは考えるな」

ちょっと怒っているような言いかただが、顔は笑顔なのでまんざらでもない様子。自分の愛撫で麻梨乃が二度も達したのが嬉しいのだろう。

そう考えると照れくさいが、感じたのは悪いことじゃないと素直に思える。

「こんなに気持ちよくなってくれたんだから、……もっと気持ちよくしてやらないとならないな」

今まで手つかずだったトラウザーズを脱ごうとする蒼真を目にしてドキリとする。このあとに起こることが想像できるだけに、なんともいえない感情が湧いてくる。

サイドテーブルから四角い包みを取った彼が、封を切ったところで目をそらす。

新婚初夜という名目はあれど、麻梨乃は身代わり花嫁だ。

この夜を共に迎えるのが自分であることにかすかな罪悪感を生みそうになったとき、蒼真が覆《おお》いかぶさってきた。

「どうした、怖いのか？」

「あの……」

「泣きたいような顔をしている」

閉じていた足が開かれ、蒼真の腰が重なってくる。足のあいだに温かな塊の感触を覚え、緊張した下半身に力が入った。

両肘をついて、蒼真が麻梨乃の頭を撫でる。乱れて頬にかかった髪をよけ、微笑した。

その表情に見惚れそうになる。けれど、この夜、この瞬間、彼に見惚れるのは自分ではなかったはずだという想いで胸が痛くなり、麻梨乃は顔を横にそらしてしまった。

「……わたしで、ごめんなさい」

普通に言ったつもりだったのに、とても小さな声になってしまう。蒼真は気にしない様子を見せてくれているが、麻梨乃はやはり気になるのだ。

「よけいなことは考えるな。——俺の妻は、おまえでいいんだ」

頬に蒼真の唇が触れる。

「大丈夫だ。……泣くなよ？」

——この安心感だけで、すでに泣きそうだ。

直後、足のあいだをすごい力で、ぐにっと圧される感覚とともに腰が跳ねる。大きな声が出そうになって息を吸いこむが、蒼真が耳元で「しがみつけ」と言った瞬間、脳で考える前に両腕が彼の背中に回っていた。

「ンッ……ん、んっ……！」

大きな質量が自分の中に侵入してくる気配がする。喉を突き抜けてきそうな圧迫感に、お腹の奥がじりじり痺れた。

「あっ、ああ、……んっ……」

「キツいな……やはり、けど、ナカは熱くてイイ感じだ。麻梨乃が……たくさん感じてイってくれたおかげだな……。ありがとう……」

「一条……寺……さっ……」

どうして……。

どうしてこの人は、こんな瞬間まで優しいことが言えるのだろう。

どうして、好きだった女性を逃がした身代わりの麻梨乃に、こんなに優しくしてくれるのだろう。

麻梨乃は涙が出そうになりながら、自分を見守るように見つめ、蜜海を拓《ひら》いてくる蒼真を見つめた。

ブライズルームで威圧してきたときの彼は、あんなに怖かったのに。あの調子のまま、有無を言わせず、優しい言葉のひとつもかけず、己の欲望のままに初夜を決行してくれたなら……。

こんなにひどい男から女性を逃がしてあげた自分は正しかったのだと、罪の意識のひとかけらも感じないままでいられたのに。

こんな……。

心も身体も彼に持っていかれそうな自分を感じることになるなんて……予想外すぎる。

「蒼真、だ」

痛みを逃がそうと途切れ途切れの息を吐く麻梨乃の唇に指をあて、蒼真は言い聞かせるように繰り返す。

「俺の名前は〝蒼真〟だ。言ってみろ。妻が夫を苗字で呼んでどうする」

「……あ、でも……」

「麻梨乃」

ゆっくり進んでいた熱塊が途中で止められ、ぐるっと腰を回される。挿入以外の刺激を受け、痛みを強調しようとした蜜口より新たな刺激にざわめき立つ膣襞の反応のほうが大きい。止まった場所より奥のほうが急激に疼きだし、麻梨乃はそれに耐えられない。

「呼んでみろ、麻梨乃。もっと気持ちよくなるから」

「……そう……ま……さ……、蒼真、さ……ん、……蒼真さん……」

苦しそうなトーンになってしまったが、彼の名前が口から滑り落ちる。一度呼んでしまうと、その心地よさに驚いた。

これからは、この人をこう呼んでもいいんだという安心感があったのかもしれない。

「イイ子だ……麻梨乃っ……」

上ずった声が嬉しそうに耳に響く。途中で止まっていた屹立《きつりつ》を一息に突きこみ、蒼真はゆるやかに腰を揺らしはじめた。

「あっ……ああ……、蒼真さぁ……！」

ゆっくりと動いているせいか、ずりっずりっと自分の中が擦られているのがわかる。彼の熱が身体を火照《ほて》らせて、内側から蕩《とろ》けてしまいそう。

「……つらいか？」

気遣う唇が頬に触れ、優しく肌をなぞる。体温が上がっているせいで頬も熱い。興奮していると思われるのは恥ずかしいが、荒い彼の息づかいから、きっと自分と同じくらい興奮しているんだと思うことができた。

「大丈夫……です、我慢、できる……」

破瓜《はか》の痛みとはどれほどのものかと考えたこともあるが、思っていたよりは痛くない。痛みはあるけれど、我慢できないほどではない。

「蒼真さんが……、大丈夫だって言ってくれるから……大丈夫……」

心と身体でそう感じられる、今の気持ちのおかげだと思えた。

「……麻梨乃っ……、おまえは……」

なぜかうろたえた雰囲気を感じさせながら、蒼真が麻梨乃を抱きしめる。出し挿《い》れが少し速くなり、彼の唇は頬から首筋をたどり胸に落ちた。

「あっ……ぅん、んっ……！」

下半身を貫かれ、揺さぶられながら胸の頂をしゃぶられるのはとんでもなく官能を刺激される行為で、麻梨乃は軽く背をそらし感じるままに喜悦の声をあげた。

上から下から愉悦がぶつかり合って、快感のさざ波が大波に変わっていく。今までにない高揚感が、怖いくらいだ。

「すごく……興奮しているだろう……。ナカ、絡まってくる……」

「んっ……ン、そんな、こと……あぁぁんっ……！」

「嬉しそうに締めつけてくるから、俺も嬉しくなるな」

「蒼真さ……あっ、ぁぁ……」

「困った……。麻梨乃を抱いていると我慢が利かない……」

どことなく楽しげな彼の口調にのせられて、麻梨乃の顔にも笑みが浮かぶ。見つめ合うと自然に唇が出会い、強く吸いついてきてはゆるめ、彼の舌が口腔内で猛威《もうい》を振るう。

「ンッ……ふぅ、ぅ、んっ……」

うめきになって漏れる吐息が甘ったるい。

中毒になってしまいそうなほど、唇が気持ちいい……。

そしてそれ以上に、貫かれる下半身がなんともいえない感覚でいっぱいになっている。膝を立てていた両足が黙っていられなくてシーツを擦り、腰が浮いては沈み、揺れては浮き、を繰り返す。

　ググッと強く突きこまれ、最奥で彼の切っ先が媚壁を擦り回す。爆弾を落とされたような刺激を感じた瞬間、さらに強く腰を振りたてられ何度も奥を穿《うが》たれた。

「麻梨乃っ……ほら、イけっ」

「ああっ、やっ、もぉ……あぁぁん――――！」

　大波に呑みこまれ、固まった身体が宙に浮いた錯覚を起こす。

　シャンパンに酔ったとき、彼に抱き上げられた感覚にも似て、気持ちがいい……。

「あっ……あ……」

　快感が細切れになって熱と一緒に放出されるなか、蒼真も強く腰を打ちつけた状態で止まり、息を切らした。

「……麻梨乃……」

　蒼真の唇が頬に触れる。ふっと身体の力が抜けてシーツに落ちると、彼が優しく抱きしめてくれた。

　熱い肌同士が重なり、このまま溶けてしまいそう。乱れる吐息が混じりあって、どちらのものかわからない。

　蒼真の唇は麻梨乃の頬の上にある。そこから動いてほしくなくて、麻梨乃は片手で彼の頭を押さえ髪を指に絡めた。

「……泣きそうです」

「いやだったか？」

「違います……。なんだかわからないけど、……なんだろう……すごく、……嬉しいんです」

どうしてこんな気持ちになるのかわからない。

今日初めて会った人なのに。脅《おど》されるように花嫁役を偽装して、彼への罪悪感と彼がくれる安心感で、そのまま抱かれてしまっただけなのに。

――どうして、彼に触れられることが、こんなにも嬉しい……。

「……俺のほうが、泣きそうだ……」

蒼真の唇が頬で乱れる。本当に泣きそうな声に聞こえたのは、恍惚感《こうこつかん》に心が囚《とら》われていたせいだろうか……。

第二章　偽装蜜月の作られた幸せ

翌日二人がホテルを出たのは、夕方も近い時間だった。

挙式をした新郎新婦の宿泊はチェックアウトが遅めに設定されているので問題はないのだが、それにしてものんびりしすぎたかなとは思う。

仕方がないのだ。

朝から蒼真に「昨夜は二回戦したくても我慢したんだから」というよくわからない理由で〝二回目〟を仕掛けられ、お昼近くまで麻梨乃が動けなかった。

普通はこのあと新婚旅行になるのだが、急ぎの挙式だったというだけあってそこまで予定は組まれていなかったらしい。途中で夕食をとり、そのまま蒼真のマンションへ帰ることになったのである。

ウエディングドレスでスイートルームに入った麻梨乃には、昨日のうちに洋服一式が用意されていた。

また、麻梨乃が住んでいた従業員用のアパートには朝から引っ越し業者が入ったらしく、洋服などの私物はすべてまとめて蒼真のマンションへ運んでくれるという。

あっという間に退職させられたこともそうだが、まったくの手間いらず。よくいえば煩《わずら》わしさがなく楽、なのだが、悪く考えればいろいろやることが早すぎて怖い……。

これから自分がどうなってしまうのか不安に思いつつ、連れてこられた場所を見て目が点になった。

都心に建つ三十五階建てのデザーナーズマンション。

その二十七階に、蒼真の部屋があった……。

場所もさることながら、間取りが２ＬＤＫだという。

彼は一人暮らしだというが、一人でこの間取りは無駄ではないかと感じ、もしや以前は誰かと住んでいたことがあるのでは、と疑ったが……。

「は？　くつろぐリビングの他に寝室と書斎が必要だろう。別に広くないから、狭いって文句言うんじゃないぞ」

共同部屋だった施設暮らしが長く、ホテルの従業員用アパートだって一人用だが六畳の１Ｋだった。

そんな麻梨乃にとっては贅沢《ぜいたく》すぎるほど贅沢だ。

おまけに部屋に通されてみれば、リビングダイニングは約二十畳という広さ。「どこが狭いって⁉」と力を込めて文句を言ってやりたい。

――そんなリビングをぐるっと見回し、麻梨乃はため息しか出ない。

ホテルのスイートルームに匹敵《ひってき》しそうなほどモダンで上品な部屋。まさか、六畳1K暮らしだった自分がこんなところで暮らすことになろうとは。

ソファに座っていろとは言われたが、脱いだコートを両腕にかかえ部屋の中央でキョロキョロすることしかできない。

本来の花嫁もひとまずはここで新婚生活をおくる予定だったのだろうから、彼女の存在を感じさせるようなものがあってもいいように思うが、そういった気配はない。

荷物だけ持ってきていたというならダンボールなりなんなり引越しの気配があるものだ。しかしそれらしきものといえば、部屋の外に置かれていた三箱のダンボールだけ。ただしこれは麻梨乃の荷物である。

「明日は一緒に片づけるか。クローゼットは充分すぎるほど空いているし、書棚にも余裕がある。麻梨乃の私物も置く場所はあるから心配するな」

蒼真の声が廊下から聞こえ、麻梨乃は開きっぱなしになっているドアから顔を覗かせる。玄関前に置かれていたダンボールを中に入れた蒼真が、コートを脱ぐところだった。

「お、お疲れ様です。ありがとうございます……、手伝わなくて、すみません」

早足でそばに寄り、ぺこっと頭を下げる。廊下に置かれた段ボールを見たときすぐに自分で運ぼうとしたのだが、ちょうど本などが入っている箱だったらしく、すごく重たくてなかなか持てなかったのだ。

すると蒼真がひょいっとその箱を持ち、麻梨乃にはリビングで待っているように言った。

顔色ひとつ変えず片腕でかかえるのを見たときは、さすがに男の人は力持ちだと思ったが、考えてみれば造作もなく麻梨乃を抱きかかえてベッドまで運んでしまうような人だ。

態度も強めだが、押しも強ければ腕力もあるらしい。

（……最恐《さいきよう》だな……、この人）

とは思えど、そんな彼が麻梨乃を抱くときはとても優しくなったのを思いだし、……下げた頭を上げられなくなってしまった。

今上げたら……間違いなく真っ赤になった顔を見られてしまう……。

「そんなに申し訳なさを全面に出すな。妻が持てない物を夫が持ってなにが悪い」

上がらない頭にポンッと蒼真の手がのる。だから、というわけではないが、麻梨乃はよけいに顔を上げられなくなってしまった。

（つ……つまっ⁉　……夫っ⁉）

妻やら夫やら、他人ごとにしか感じない言葉だったのに。いきなり身近すぎる言葉になってしまっていて焦る。

確かにそういう立場になってしまっているが、あくまで〝仮〟だ。

頭から蒼真の手が離れる。直後、麻梨乃の身体がふわっと浮き上がった。

「きゃっ……！」

「ほら、力持ちだろう？　だから大丈夫だ」

「そっ、そうまさんっ」

一瞬、我が身になにが起こったのかわからなかった。麻梨乃は蒼真の肩に担《かつ》ぎ上げられていたのだ。

「木材じゃないんですよっ」

「木材は担いだことはないが、鉄筋ならある」

「なんでそんな物、担いでたんですか、……まさか、喧嘩ですかっ」

麻梨乃の頭の中に、鉄材を振り回して人相の悪い男たちを威嚇《いかく》する蒼真が妄想され、ゾッと鳥肌が立つ。

彼は体格もいいし顔にも迫力がある。……似合いすぎて想像した自分が怖いくらいだ。

しかし彼から返ってきた答えは意外すぎるものだった。

「工事現場でバイトをしていたことがある。友だちに建設会社の息子がいて、こっそり割りのいいバイトを紹介してもらっていた」

「バイト……ですか？」

反応にちょっと迷った。彼のように大企業の跡取りとして生まれた人が、どうしてそんなバイトをしていたのだろう。

社会勉強とかなんとか言ってバイトをするとしても、お金持ちは家庭教師や頭脳系を選ぶようなイメージがあるので、肉体労働は意外だった。

「おかげでいい感じに腕力も筋肉もついた。維持《いじ》できているおかげで、こうして麻梨乃を担いで歩ける。なんだったら、麻梨乃をふたつにしてお手玉でもしたいくらいだ」

「分けないでくださいっ。なんですか、その役に立たない発想は」

ちょっとムキになる麻梨乃を担いだままリビングへ入り、蒼真は楽しげに笑いながら彼女をソファに下ろす。乱暴に担いだわりには、下ろしかたはとても丁寧だった。

しっかり掴んでいるコートを麻梨乃から取った蒼真は、自分のものと一緒にして腕にかける。

「子どもが二人できたら、両腕に抱っこして歩ける。——いいと思わないか？」

担がれたおかげでせっかく冷めた顔の熱が、今のひと言で復活する。赤面するときに音が出るとしたら、この瞬間、麻梨乃から〝ポンッ〟とかわいい爆発音がしたことだろう。

「コートをかけてくる」

そんな麻梨乃を意に介さず、蒼真はさっさとリビングから続くドアへ向かって歩いて行く。他には寝室と書斎があると言っていたので、ここはどちらかなのだろう。

彼の姿が中へ消えると、麻梨乃は両手で頬を押さえた。

「なに赤くなってるの……。関係ないじゃない……」

自分は花嫁を逃がした責任を感じてここに来ただけだ。

結婚したばかりで妻が一緒にいないのは都合が悪いからと、蒼真の体裁を保つために、新婚を偽装するためにここへ来た。

子どもの話なんて「力持ちですねー」と笑っていればよかったのに……。

(でも、……似合いそう……)

麻梨乃に見せた慈しみを感じさせる表情を考えれば、子どもを二人かかえている姿というのも似合いそうだ。

優しい気持ちが胸に満ちる。ほんわりとした気分になりかかったとき、ハッと我に返った。違う。今考えるべきはそんなことじゃない。

自分のこれからを、しっかりと考えなくては。

まず問題は、この偽装期間がいつまでなのかということだ。詳しいことはまだ話し合っていない。

結婚した妻がいなくなっても周囲におかしく思われないのは、結婚してどのくらいたってからなのだろう。

三ヶ月……半年……、一年……。

考えたはいいが、麻梨乃は根本的な問題に気づく。

……常識的に考えて、妻が消えても体裁が保てるようになる期間……なんてものは、存在しないのではないだろうか。

それとも、蒼真のような階級の人たちには、そんな常識が存在するのだろうか。

(わかんない……)

眉を寄せ、両腕で頭を抱える。これからどうなってしまうんだろう、そんな疑問が大きく頭を埋めた。

「残りの荷物、到着が遅いな。なにかあったのか……。どうした、麻梨乃? 頭をかかえて」

「えっ! はっ……いえっ!」

戻ってきた蒼真に問われ、麻梨乃はハッと顔を上げる。思うより深く頭をかかえこんでいたらしく、彼は不思議そうにしていた。

コートをかけるついでにスーツの上着も脱いで、彼はワイシャツにネクタイ姿だ。昨日はピシッと決まったタキシード姿を見ていたせいか、これだけでもとてもラフに感じてしまう。

「な、なんでもないですっ。お部屋があまりにも立派すぎて、本当にここに住んでいいのか不安になっちゃって……。それより、残りの荷物って、まだなにか届くんですか？」

頭をかかえていた理由を聞かれないよう話題をそらす。蒼真は片手に持っていたスマホを耳にあてた。

「麻梨乃の荷物だ。ダンボールが三個しかなかった。残りがどうなっているのか、今、秘書に聞いてやるから……、ああ、俺だ」

話している途中で彼の秘書が応答したらしい。荷物について話をしだす前に、麻梨乃が口を挟んだ。

「わたしの荷物ならあんなもんですから、他にはないと思いますよ」

間違いのないことを言った。だが、蒼真は訳がわからないといった顔で麻梨乃を見る。

部屋が静かなせいか、『社長、どうされました？　社長？』と呼びかける秘書の声がスマホから漏れてきていた。

『米倉の件なら、問題はございません。会社の状況と合わせて、追ってご連絡を……』

この世に音がなくなったのではないかと感じるくらいの静寂が漂っていたせいで、秘書の声がとても大きく耳に届いた。

その中にあった名前に、麻梨乃はふと引きつけられる。

「すまない。また連絡する」

意識が向いた瞬間、蒼真が応答し通話を終えた。

(今……よねくら、って聞こえたんだけど……)

自分と同じ名前だったので気になったが、それほど珍しい苗字でもない。仕事関係のようだし、麻梨乃が気にすることではないだろう。

「あれしかないってどういうことだ。確かに家財道具はほぼないに等しいようだが」

蒼真に質問され、思考は苗字のことから離れる。麻梨乃は住んでいたアパートを思い浮かべて首をかしげた。

従業員が入れ代わり立ち代わり入居するアパートなので、歴代の入居者たちが、まだ使えると判断したものはそのまま残っている。おかげで壊れない限りよけいなものは購入する必要がなく、非常に都合がよかった。

食器棚、箪笥《たんす》、テーブル、旧型だが炊飯器や小さな冷蔵庫もあった。それなので、麻梨乃自身の持ち物といったらほんの少ししかない。

「むしろ……よく三箱にもなったな、って思いますね。……二箱で充分なような……。だいいち、逃げてきたときもスポーツバックにひとつぶんで余るくらいの私物しかなかったし」

「あれだけということはないだろう。ひとつは意外に重さがあったが、あとのふたつは軽かった」

「ひとつは本とか、ちょっと重いものが入っているんだと思います。あとのふたつは……私物と服……くらいでしょうかね。ギュッと詰めればひとつになりそうですけど」

「着せ替え人形の服じゃあるまいし、いくらおまえがチビでも、それはないだろう」

着せ替え人形はともかく、チビはないでしょう。一瞬ムッとするものの、麻梨乃は気を取り直す。

「服も枚数自体持ってないです。……トップスとボトム……三枚ずつくらいかな……。カーディガンとジャンバー……、あとは……」

下着も数枚……まで出そうになったが、そこは事前で止める。今の発言だけで「おまえは今までどんな生活をしていたんだ！」という怒鳴り声が飛んできそうだ。

職場とアパートを往復するだけの生活。おまけに買い物は近所のスーパーですべて事足りる。休みの日は部屋でまったりしながら読書。

そんな生活をおくっている麻梨乃に、普段着以外の服は必要なかったのである。

なので、ホテルを出るときに与えられたこのワンピースを見たとき、自分がこんな立派なものを着てもいいのかと少々おののいた。

季節に合った柔らかなベロア生地。浅めのVネックやスカートの裾には細かい白いレースが施されていて、大人っぽくもかわいらしくも見える。

そのスカートを両手の指でつまんで軽く持ち上げ、麻梨乃は「てへっ」とおどけた笑いを見せた。

「だから、こんなワンピース、着たことがないんですよ。本当は照れくさくて堪んないです。蒼真さんのお嫁さん役だから、きっと高いお洋服を用意してくださったんだと思うんですけど、……似合ってなくて、申し訳ないというか……」

バンッ……と大きな音が聞こえ、麻梨乃はピタッと言葉を止める。蒼真が、ローテーブルに手をついたのだ。

ついた、というより、叩いた、というほうが正しいくらいの音だったので、麻梨乃も驚いたのである。

（え？　怒った？　なんか怒った？　怒るほど似合ってない⁉）

それともせっかく用意してもらったのに、照れくさくて、と言ったのが文句に聞こえたのだろうか。

眉を吊《つ》り上げた蒼真が麻梨乃に目を向けたことで、不安はさらに増長《ぞうちょう》される。これは絶対に怒鳴られる。そう覚悟した瞬間、スカートをつまんでいた手をガシッと掴まれた。

「明日は、買い物に行くぞ」

「は？」

「ここのクローゼットがあふれるくらい買ってやる。気に入った店があったら言え、店の商品すべておまえのものにしてやるから！」

「ちょっ、……そうまさっ……！」

　いきなりなにを言っているのだろう。麻梨乃は焦って彼の言葉を止めようとするが、当の本人は握りこぶしを掲げんばかりに意気ごんだ。

「よし、そうと決まれば片づけは今夜のうちにやってしまおう。あれしかないなら、あっという間だ」

「蒼真さんっ、でも、明日……お仕事がっ」

「土日は休みだ。仕事は週明けからだから問題はない。明日明後日は麻梨乃の買い物で出かける。いいな」

　いやだと言っても引っ張っていかれそうだ。ここはおとなしく観念するしかない。

「ありがとう……ございます……。でも、普段着を二、三着買うくらいなら、自分で……」

「この先、親族との顔合わせなどもある。今着ているワンピース以上の礼装をしなくてはならないが？　それともセーターにジーンズで出席するつもりか？　〝俺の妻〟が？」

「……お任せします……」

そこまで言われると、もう金額以前の問題だ。観念して力を抜くとガクッと顔が下がる。今日はくくらずに下げたままだった髪が、顔の横に垂れた。

隣に蒼真が腰を下ろした気配がするが、髪の毛で視界が遮られている。すると、その髪を彼の手に取られた。

「この髪も、もう少しなんとかするか。秘書にいい美容室を予約しておいてもらおう。……そうだな……男に麻梨乃の髪をさわらせたくないから、女性の美容師で、落ち着いた雰囲気のところがいいな……」

髪の毛のカーテンが寄せられると、真横に彼の顔が迫っていることに気づいてドキッとする。顔を向けると目が合って、にこりと微笑まれ弾む鼓動に拍車がかかった。

「あ、あの、秘書の方、男性ですよね。そんな美容室、知ってるんでしょうか……」

蒼真の秘書とは、ブライズルームのドアを閉めてくれたときやホテルを出るときなどに会ったが、蒼真より年上の真面目そうな男性だ。

女性のヘアケアに関心があるようにも見えなかったが……。

「女性秘書もいる。麻梨乃が着ているワンピースや下着を調達してくれていたのも彼女だ。そのうち紹介しよう」

「そうなんですか……」

大企業の社長ともなると、秘書が複数人いるものらしい。服や下着まで用意してくれたのが秘書なのだと聞かされたときは、ボスのためなら女性物のランジェリーまで調達に走らなくてはならないなんて、秘書というものも大変だな、と少し同情したものだが。

女性秘書がいるのなら話はわかる。

手に取っていたサイドの髪を、蒼真が麻梨乃の後頭部に持っていく。そのままじっと見つめられて、麻梨乃は目をそらすにそらせない。

「……少し整えて、こうして、両サイドを上げてみたらどうだ？」

「じゃあ、ハーフアップですね。両方から寄せてうしろでくるやつ」

仕事のときは全部うしろでまとめていたし、普段もたいていそれで済ませていた。

自分でハーフアップを作ったことはないが、施設にいたころ、年下の女の子たちの誕生会などでは「かわいくしてあげるね」と言ってその髪型にしてあげた。親に髪をとかしてもらった経験のない子などもいて、初めてする髪型を見て嬉しそうだったのを思いだす。

麻梨乃自身、幼いころは長い髪をハーフアップにしていたのを覚えている。

まだ父も母も生きていて、大きな家で一緒に暮らしていたころだ。レース編みが得意な母が編んでくれた、水色のレースのリボンが大好きで……。

「そうだ。きっと、かわいい」

「そんなこと……、似合わないかもしれないです。……笑わないでくださいね」

「笑うわけがないだろう。……水色のリボンとかつけてみないか……？　きっと、抜群《ばつぐん》に似合う……」

麻梨乃は目を大きくして蒼真を見る。彼が不思議そうに「どうした？」と聞くので、慌てて小さく首を振った。

「いいえ……、抜群に、とか言うから……、言いすぎ、と思って」

取り繕うものの、なぜか胸の鼓動は大きくなる。

幼いころのことを思いだしていたときに水色のリボンを指定されたので、その偶然に驚いてしまったのだ。

麻梨乃の髪を手から離して、蒼真が立ち上がる。

「明日の予定も決まったし、さっさと片付けて寝るか。あっ、パジャマはホテルからプレゼントされたものがあるから今夜はいいとして。……やっぱり、何着かペアでそろえるか」

「ペア、ですか」

なんだか気恥ずかしい。ブライダル記念でホテル側からプレゼントされるパジャマはもちろんペアだが、蒼真は自分のパジャマを持っているだろうし、わざわざおそろいで購入する必要もないのではないか。

「あの、蒼真さん、わたし、ルームウェアとかTシャツ短パンで寝ていたので、わざわざ買ってもらわなくても平気ですよ？　蒼真さんも、いつも使っているものがあるでしょうし」

「いつも使っているものなんてないな。だから、ペアでパジャマをそろえさせないと、俺は毎日いつもどおり裸で寝るが、いいか？」

「ぜひ、そろえましょうっ」

麻梨乃は力を込めて立ち上がる。寝るときは裸、が本当かどうかは知らないが、蒼真だったらありえそうな気もする。

彼の裸は昨夜から今朝にかけて見ていたが、毎日あんな姿でウロウロされては目のやり場に困るだろう。

麻梨乃がムキになったように見えたのかもしれない。蒼真はふっと微笑んで彼女の頭を抱き寄せた。

「夫の裸をいやがるな、馬鹿者。昨夜からあんなに抱きついていたくせに」

「は……はい、すみませんっ」

反射的に謝ってしまう。そんな麻梨乃から手を離し、蒼真はリビングから出て行くとほどなくしてダンボールをかかえて戻ってきた。

「このくらいなら俺が全部片づけておくから、麻梨乃は座っていてもいい。そっちの棚にDVDもたくさんあるから……」

「とんでもないです、わたしもやります」

本や小物ならともかく、どれかの箱には下着だって入っている。恥ずかしがるほど奇抜でもセクシーなものでもないが、やはりそんなものまで片づけてもらうわけにはいかない。

麻梨乃がそばに寄ると、蒼真は彼女を覗きこむように身をかがめた。

「じゃあ、一緒に片づけるか」

「はい、もちろん」

「ダンボールは俺が運ぶから、麻梨乃はホテルからもらったパジャマを用意しておいてくれ。箱に入ったままだから」

「はい、わかりました」

「片づけ終わったら一緒にコーヒーでも飲もう。……ビールのほうがいいか？」

「ビールにするなら、おつまみ作りますよ。材料があれば、ですけど」

「それいいな。ビールの前に風呂に入ってサッパリするか。一緒に入ろう」

「そうですね……って、どうして一緒なんですかっ」

流れでつい乗せられそうになってしまった。反論はしてみるものの、すぐにそれが無駄なことかもしれないと思う。

蒼真のことだ。「夫婦なんだから当然だろう」とか言いそうだ。いや、間違いなくそう返される。麻梨乃は密かに覚悟をする。

「わかった。一人で入らせてやるから、つまみは作ってくれ。新妻の手作りとか、最高だ」

「あ、はい……」

快諾《かいだく》されるとは思わず、ちょっと拍子抜けだった。しかし、一人で入らせてくれるならそれに越したことはない。

（もっと、一緒に入るぞ、ってゴリ押しされるかと思った……）

ほんの少し……残念に思う自分を感じて、羞恥心が疼く。

じくじくと煮え切らない想いを振り払うように頭を振り、麻梨乃はダンボールを運んでいる蒼真のあとに続く。

〝新妻〟が作るビールのつまみを楽しみにする〝夫〟のためにも、片づけを早く終わらせるべく奮起したのである。


土曜日曜は、朝から晩まで連れ回された。

洋服を買いに行くだけと簡単に考えていたが、……甘かった。

普段着から外出用のワンピース、下着はデザイン統一のランジェリーセットを数点、ストッキングから靴に至るまで……。

気に入った店があったら店の商品を全部買ってやるとまで言い放った彼。さすがに一店舗買い占めることはなかったが、購入したものをすべて並べたら店が開けそうな量だとは感じた。

ランチからディナーまで、店の前を通ったこともないような高級店に連れて行かれ、夜は生まれて初めて目の前でバーテンがシェーカーを振ってカクテルを提供してくれるバーでお酒を飲んだ。

続いて日曜日は、紹介された美容サロンに朝一で連れて行かれ、髪を切りセットしてもらった。

切った、とはいっても、蒼真が「麻梨乃は長いほうがかわいい。切りすぎないように」と威嚇《いかく》したため長さはあまり変わっていない。

しかしさすがはプロ。麻梨乃がびっくりして鏡の前で固まってしまうほど、ツヤツヤで綺麗になっている。

サロンでは、これまた蒼真の注文で、かわいいハーフアップにしてくれた。幼いころを思いだしてくすぐったい気分になったが、蒼真に「似合う」を連発され、照れくさいけど……嬉しい。

しかし彼は、どれほどハーフアップが好きなのだろうか……。

もちろんこの日の外出も、サロンだけでは終わらない。昨日と同じ、ランチからディナーまで。その合間には企業ミュージアムを見に行ったり映画を見に行ったりもした。

二日間、あれやこれやと予定がたくさんあって、リゾートシーズン真っ盛りのホテルで働いていたときよりも忙しかったような気がする。

それでも疲れをあまり感じないのは、……楽しかったから……だと思うのだ。

ディナーを終えてマンションへ帰ると、靴を脱ぐ前に声がかかった。

「麻梨乃、手を出せ」

「はい？　手？」

なんだろうと思いながら先に廊下に立った蒼真を見ると、彼は左手のひらを差し出している。

レストランなどでエスコートしてくれるとき、同じように手を差し出された。とすれば、自分の手を預ければいいのだろう。

マンションに帰ってからまでエスコートされるのは照れくさいが、いやな気分ではない。麻梨乃が「はい」と右手を預けると、なぜかニヤリと口角を上げた蒼真が「こっちだ」と左手を持ち直す。

「え？　なんで……」

手を替えられた意味がわからない。もしかしたら左手を差し出されたら左手で受けなくてはならないなど決まりがあるのだろうか。

「すみません、わたし、こういったマナーみたいなもの、まったくわからなくて……」

「マナー？　なんだそれ？　指輪をもらうときのマナーとかあるのか？」

「指輪……？」

なんのことだろうと不思議に思った直後、麻梨乃の目に入ったのは彼女の薬指にはめられた指輪だった。

「結婚指輪だ。つけて慣れておけ。俺も、明日からの仕事にはつけて出る。木曜の夜には、仕事などで挙式にこられなかった親族との食事会もある」

「食事……、御親族に会うんですか？　あの、もしかしてご両親とかも……？」

蒼真の両親にはまだ会っていない。挙式当日はすぐにスイートルームにこもってしまったので当然だが、仮に親族はごまかせたとしても両親は無理ではないのだろうか。

「そんなに構えなくてもいい。言っていなかったが両親は仕事の関係でアメリカへ行っていて年末まで帰ってこない。結婚したことだけは知っている。食事会も緊張する必要はない。普通に食事をしていればいいだけだ。ときどき話に相槌《あいづち》を打ってやれ。それでいい」

「はい……でも……」

挙式に出席してなかったとはいえ、親族はもともとの花嫁の名前や顔を知っているのではないのだろうか。顔を知っているなら、ごまかすことなどできないのではないか。

「心配するな」

不安でいっぱいになる麻梨乃の様子を悟ったのか、蒼真が力強く指輪をはめた麻梨乃の手を握った。

「すべて俺に任せておけばいい。麻梨乃が心配に思うことはなにもない」

「蒼真さん……」

「俺の妻なんだと、その自信だけを持っていろ。それでいい。あとは、俺が上手くやる」

「はい」

心が軽くなってくる。大丈夫。彼が上手くやってくれる。

――上手く……、夫婦を偽装してくれる……。

握られていた手のひらに、もうひとつ指輪をのせられた。なにかと思って蒼真を見ると、彼はニヤッとして自分を指さす。

「あ……」

おそらく、この指輪は蒼真のぶんだろう。麻梨乃は指輪を右手に取り、彼の左手を握り返して……薬指に指輪を通した。

「なんか……照れますね」

「挙式のときは指輪の交換を省略していた。花嫁の体調不良により式を短縮するため割愛、って」

「あ、そういえばなかったですね。そっか……挙式で指輪の交換もあるんだ……」

「知らなかったのか？」

「そういうことはまったく。自分には縁のないことだとも思っていたので」

軽く声をあげて笑ってから、麻梨乃は手元に集中する。指輪なんて自分でつけた経験もないが人につけてあげた経験もない。どうしても手が震えてしまう。

途中までは余裕で入るが、第二関節で一度つかえて止まる。このまま押しこんでいいのだろうか。無理にはめようとしたら痛くはないだろうか。

「この指輪……、本当なら式で使うものだったんですね」

「それ用ではあったが、急ぎで用意をしたからサイズはしっかりと合わせていない。……でも、結構大丈夫みたいだな」

ドキドキしながら押しこむと、指の根元近くまで移動する。しっかりはめるならもう少し入れなくてはならないが、蒼真は窮屈《きゅうくつ》でいやだと感じないだろうか。

麻梨乃がためらっていると、蒼真は自分で指輪を奥まではめてしまった。

「ほら、いい感じだ」

「ほんと、いいですね」

甲側から左手を立てて見せられドキリとする。あまりじっくりと見たことはなかったが、蒼真の手は大きくて指も長く、男性らしさを感じる骨格なのに輪郭がとても綺麗だ。

まさか指輪をはめた男性の手に見惚れるなんて、考えたこともない。

「麻梨乃は、着け心地はどうだ？　大きいようなら詰めさせる。いっそ、麻梨乃が気に入るものに買い替えてもいいんだ」

「大丈夫ですよ。ほら、ぴったりっ」

麻梨乃も蒼真の真似をして左手を立てて見せる。きつくもなくゆるくもなく。自分の指のサイズも知らないが、このサイズでピッタリではないか。

結婚指輪はペアで一生使うもの。相場などわからないまでもお値段的に安くはないだろう。それを買い替えてもいいなんて、豪気《ごうき》すぎやしないか。

「いいな、似合っている」

左手をまたもや握り返され、蒼真に引き寄せられる。油断していた身体が彼の胸にぶつかり右腕で抱きこまれた。

「指輪をしていれば、一緒にいて夫婦だってわかる」

「そうですね」

「昨日も今日も、買い物のあいだ、店員が麻梨乃を褒めるのはいいんだが、お連れ様、だの、彼女さん、だの言われて、誰も『奥様』とは言わなかった。麻梨乃が初々しすぎるせいだぞ。俺にも敬語で話すし」

「す、すみません……」

「でも、これで安心だ。〝奥様〟を見せびらかしたいから、木曜の食事会は張り切っていこう」

「は……はい」

なんだかすごく照れくさい。蒼真は、麻梨乃と夫婦に見てもらえなかったことを怒っている。

……というより、……拗《す》ねている。

身体に腕を回された状態でふわっと足が浮く。これはもしや、また肩に担がれるのでは……と思った瞬間、足をさらわれお姫様抱っこ状態になった。

「きゃっ……」

こうくるとは思わず、つい足をバタつかせてしまい靴が脱げ落ちる。部屋へ上がる前だったし、どうせ脱ぐからと思えば都合はいいが行儀が悪い。案の定、蒼真に軽く笑われた。

「俺の奥さんは、暴れん坊だな」

「す、すみませんっ……靴……」

昨日買ってもらったばかりの新しい靴だ。こんな無造作に脱げ落ちてしまっては痛んでしまう。

「靴より奥さんが大事だ」

蒼真はなにも気にする様子もなくリビングへ向かう。一方、麻梨乃は彼の態度に照れるやら嬉しいやら、この感情を顔に出すのも難しく複雑な気分だ。

彼が優しくしてくれればくれるほど、……おかしな誤解をしそうになる自分を抑えなくてはならなくて……困ってしまう……。

——蒼真は、夫婦を偽装しているから優しいだけなのに……。

リビングに入った蒼真が、麻梨乃を抱きかかえたままソファに腰を下ろす。そうすると彼の膝で横向きに座る形になった。

足を持っていた手が頬にあてられ、彼のほうを向かされる。いきなり視線が絡んでドキリとした。

蒼真の瞳が、ずいぶんと切なそうに麻梨乃を見つめているように感じる。

——どうしてだろう……。遠い昔、こんな瞳に見つめられたことがあるような……。

大きな鼓動が胸を揺らす。こんな目と鼻の先で見つめられては、心臓の音も震える呼吸も、すべて彼に悟られてしまいそうだ。

威圧感のある強い瞳。初めて見たときは殺されるかと思うくらい怖かったのに。

どうして……、今はこんなに……。

ただでさえ近い顔の距離がさらに近づく。蒼真に支えられた頬がわずかにかたむき、たじろぐ吐息に別の吐息が混じったあと自然にまぶたが落ちて……、唇同士が重なった。

両手を蒼真の胸にあてる。いやだという意味ではなく、彼を感じたかった。

麻梨乃の唇を食むように動いていた唇は、本当に食べてしまうのではないかと錯覚《さっかく》する勢いで吸いつき、強く押しつけられる。

口腔内に侵略してきた彼の舌に「出ておいで」と誘惑されて自ら舌を差し出すと、彼のテリトリーに連れさらわれ舐め回された。

「ん……ぅ、ふっ……ゥ……ンッ」

切なくうめくと唇の力がゆるまる。キスは終わりかと考えたがそうではなく、舌先を甘噛みされ歯で左右に引かれた。

「ハァ……ぁ、ぁっ、ンッ……」

ぞくぞくっと上半身が震える。キスで感じてしまっている自分を知らされるのは恥ずかしいが、蒼真は嬉しいのかもしれない。頬にあった手が頭に回り、より密着して唇を貪《むさぼ》られた。

心地よさが口腔内に広がっていく。そこから流れ落ちる快感が官能をかすめて刺激する。炎が灯《とも》りかかるじれったさ。唇の愛液が溜まり、じゅるっと吸い上げられてまた大きく震えてしまった。

これ以上されたら大変なことになってしまう。……でも、やめてほしくない……。決まりのつかない気持ちのまま、蒼真の胸に置いていた手をグッと握る。

それを気にしたわけではないと思うが、麻梨乃の頭を押さえていた手がゆるんだ。

「……麻梨乃」

薄く唇が離れ、そのあわいから切なく艶っぽい囁きが漏れる。

「今夜は……」

そこまで聞いただけで鼓動が跳ね上がり、腰の奥が重たくなる。言葉には出さない彼の昂《たか》ぶりさえ悟ることができた。

求められていると、瞬時にわかる。

期待に全身が疼く。——しかし次の瞬間、蒼真は身体を離した。

「……早めに休め。疲れただろう?」

「蒼真さん……?」

予想外の展開だ。蒼真は麻梨乃をソファに座らせ、すぐに立ち上がった。

「風呂の用意、してきてやるから。先に入って寝ろ」

「あ……はい、……蒼真さんは……」

「俺は明日の仕事の確認をしてから寝るから、気にするな」

そう言いながらバスルームへ消えていく蒼真を目で追うと、麻梨乃は一気に身体の力が抜ける。

力も抜けたが、気も抜けた。

一瞬でも、抱いてもらえると期待した自分が恥ずかしい。

(なに考えてるんだろう、わたし……。いやらしい……)

けれど、確かに彼から、揺れ動く熱情を感じたように思う。

求められていると思ったのに……。

「馬鹿みたい……」

勘違いもはなはだしい。おかしなことを口に出さなくてよかった。

麻梨乃は入浴の準備をしようと静かに立ち上がる。色めきかけた感触を下半身に感じ、恥ずかしさと切なさに苛《さいな》まれた。

新婚を偽装することは、日常的にはそれほど大変なことではなかった。

ひとまず麻梨乃は、マンションで蒼真の帰りを待っていればいい立場だ。

その中で頻繁に顔を合わせる人物といえば、マンションの専属コンシェルジュや警備員。

「わたしは一条寺、わたしは一条寺」と自分に呪文をかけていたおかげで、「一条寺さん」と呼ばれても、笑顔で「はい、なにか？」と返事ができる。

週明けすぐ、挙式に出席した蒼真の知人から、花嫁の体調を案ずるハガキが届いた。なんと、食事会のあいだ「おめでたではないか」という話で盛り上がっていたらしい。

急遽《きゆうきよ》すぎる挙式で花嫁が体調不良と聞かされれば、それを疑われても無理はないかもしれない。

そこで麻梨乃は、蒼真に相談して、挙式に参列してくれた出席者全員にお詫《わ》びのハガキを出すことにした。

結婚式への緊張で体調を崩した旨を記し、おめでたなどではないことを遠回しに綴《つづ》って誤解を解く。

新妻の気遣いとして考えたことでもあったが、それによって意外なことを知ってしまった。

もともとの花嫁も、〝まりの〟という名前だったらしい。

「え？　言ってなかったか？」

「言ってないですっ」

という会話が二人のあいだでなされ、偶然とはいえ、驚いた。

しかしこれは、麻梨乃にとっても非常に都合がいい偶然だ。木曜日の食事会、親族も〝まりの〟という名前を知っているなら、話しかけられて名前を呼ばれてもうろたえることはないだろう。

緊張こそあったが、なんとかしてくれるという蒼真の言葉を信じて臨《のぞ》んだ食事会の日――。

大人から子供まで、二十名ほどの親族がいた。

名前を呼ばれても笑顔で応え、ぼろを出さないために無駄な話はせず、質問などにはすべて蒼真が答えてくれた。

そうしているうちに、不安だった食事会も無事終了したのである――。

「……意外でした」

ポツリと呟くと、蒼真が顔を向ける。麻梨乃は目の前で輝くホワイトイルミネーションを見つめたまま、言葉を続けた。

「親族の皆さん……優しくて、びっくりした……」

食事会が終わったあと、二人は複合商業施設内の中央広場へ来ていた。

十二月に入り、季節イベントであるホワイトイルミネーションの点灯が始まったのだ。そのおかげで、平日だというのに絶え間なく人が流れている。二人のように立ち止まって見物している人も多数いる。

この広場が見えるレストランで食事会が行われていたので、麻梨乃がイルミネーションを気にしてチラチラ窓の外を見ていることに気づいた蒼真が、帰りに見ていこうと提案してくれたのだ。

「わたし……、実は少し警戒していたんです……。冷たくされるんじゃないか、とか……、馬鹿にされるんじゃないかとか……」

「どうしてそんなことを思ったんだ？」

「イメージ、……なのかな。先入観？　……大きな会社の親族って、……いいイメージが持てないんです……。自分のことがあるからかもしれません……」

申し訳ないとは思いつつ、本音が出てしまった。

麻梨乃は親族に見捨てられた人間だ。

幼かったばかりに、会社を乗っ取られ、すべてを取り上げられて施設へ送られて……。挙句の果てに、会社のために結婚しろと利用されそうになって……。

誰もが同じではないのはわかっている。けれど、どうしても自分の過去がいいイメージを持たせてくれなかった。

「一条寺の人たちは、みんな温かいんですね……。ちっちゃい子なんて『おねえちゃん、おねえちゃん』ってすごく懐《なつ》いてくれて、かわいくて。わたしと同じくらいの歳の女の子がいたんですけど、気を遣って、すごく気さくに話しかけてくれて。……みんな、優しかった……」

親族と名のつく繋《つな》がりに、あんな温かさを感じたことはない。隣に蒼真がいなかったら、泣いていたかもしれない。

蒼真に肩を抱かれ、軽く引き寄せられる。穏やかな声が温かく響いた。

「みんな、麻梨乃を歓迎している。俺の妻だ。当然だろう」

「はい……」

こてんっ、と蒼真の胸に頭をもたげる。……なんとなく、甘えたい気分だった。

彼も悪い気分ではなかったようだ。くすぐったそうに笑う声が聞こえ、肩を抱く手に力が入る。

もう少しこうやって彼に寄り添っていたい。肩を抱く彼の力強さだけで夢心地だ。

近くではイルミネーションをバックにスマホカメラを駆使《くし》する女の子たち。少々はしゃぐ声が大きすぎるせいか、そばを通る人たちが眉をしかめている。

そんな声も気にならないくらい、麻梨乃の五感は蒼真に向いていた。

しかし、無情にもそれを中断させるものが発生する。彼のコートのポケットでスマホの着信音が鳴り響いたのだ。

「鳴られちゃ無視できないな」

苦々しい顔をした蒼真がスマホを取り出し応答した。消音にしていれば無視したのではないか。だが公共の場で鳴らしっぱなしにしておくわけにもいかない。

「俺だ。……ああ、その件か、ご苦労」

どうやら仕事の電話らしい。しかし麻梨乃を抱き寄せる蒼真の力はゆるまず、このまま話を続けるつもりらしい。

「どうなった……うん、そうか、それで……、あ、悪い、もう一度言ってくれ」

順調に話をしているようだが、彼はだいぶ聞き取りにくそうだ。とうとう聞き直しまでしている。

その原因は、おそらくイルミネーション前の女の子たちである。よほど楽しいのか、普通に話している声も大きい。さすがの蒼真もわずかに眉をひそめ麻梨乃から手を離した。

「ちょっと待っていてくれ。動くなよ?」

「はい」

場所を変えて話すのだろう。この状況なら仕方がない。

話しながら遠ざかっていく蒼真を目で追って、麻梨乃は顔を前に向け、ハアッと宙に白い息を吐く。

「……食事会……、行ってよかった」

あんな優しい親戚たちに囲まれている蒼真が、羨ましい。自分には一生縁がないだろうと思っていた〝親戚付き合い〟というもの。

今だけでも、経験できてよかった。

しかし、あんないい人たちを、自分は夫婦と偽装して騙している。それだけは、考えると胸が痛む。

「おい！」

乱暴な呼びかけとともに、いきなりうしろから腕を引っ張られた。反動で背後を振り返った麻梨乃は、驚きに目をみはる。

そこに立っていたのは初老の男性だ。初老、というより老年にも見えるが、この男性がまだ五十代前半であることを麻梨乃は知っている。

中肉中背の特に目立つ要素を持っていない男だが、一応社長という立場柄、身なりのよさでそれらしく見えている。

数回しか会ったことはない。前に会ったのは十ヶ月近く前だ。そのときだって、十五年以上、……麻梨乃が施設に入れられたときから会ってはいなかった。

それでも、この狡猾《こうかつ》さ漂ういやらしい目つきを忘れるものか。

――米倉信夫《のぶお》。麻梨乃からすべてを奪い施設に閉じこめた、亡き父の弟、……麻梨乃の叔父である。

「やっぱり麻梨乃か？　似てると思ったんだ」

麻梨乃はグッと唇を結ぶ。挨拶はもちろんのこと、「叔父さん」とも呼びたくない。だいいち言葉を交わすのもいやだ。

「こんな所でなにをしているんだ。いきなり姿を消して。こっちがどれだけ迷惑したと思っている」

怒りを抑えようとしているのか米倉の声が震えている。麻梨乃がなにも答えないでいると、ジロジロと彼女を眺め、上へ下へ首と一緒に眼球を動かした。

「似合わない小奇麗な恰好《かっこう》をして……いったい今までなにを……。ああ、そうか……、そうだな、施設上がりのおまえには、それくらいしかできないな」

怒りに染まりかかっていた顔に、嘲笑の陰が浮かび上がる。ニヤリとした顔に虫唾《むしず》が走り、麻梨乃は掴まれている腕を振りほどこうとした。

しかしほどけかかった腕を再び掴まれ、さらにコートの襟《えり》元を掴まれる。

「どこの店にいるんだ？　教えておけ」

「……店？」

「おまえの母親もなかなかの美人だったからな。それを考えると悪くない選択だ。施設で地味に暮らしているよりよっぽどいい。若いうちはいくらでも身体で金が稼げる」

まさかとは思ったが、米倉がなにを言っているのかハッキリわかった。

結婚話を断った麻梨乃が施設から逃げて、風俗で働いていると勝手に決めつけている。

「贔屓《ひいき》にしてやってもいい。で、どこの店だ？」

口調からにじみ出るいやらしさに耐えられない。麻梨乃は後退して米倉から離れようとする。しかし掴まれた腕もコートも放してもらえない。

「離してください……、もう、あなたに関係のないことです……」

「関係なくはないだろう。オレは叔父だ。おまえの身内なんだ」

「わたしに……身内なんていない！」

身内だなんて言葉を、この男に使ってほしくない。一条寺の人たちの温かさに触れたせいもあるが、この男からそんな言葉が出てくること自体が信じられなかった。

麻梨乃が反抗したことで頭に血がのぼったのだろう。腕を掴む手に力が入り、襟元を掴んだ手で腹立ちまぎれにコートごと揺さぶられた。

「ふざけた口を叩くな！　さっさと逃げて好き勝手しやがって！　オレにどれだけ迷惑かけた

と思ってるんだ！　身体を売るしか生きていく手段のない女の分際で！」

「ふざけてるのは……！」

　ふざけているのはどっちだ。

　父が亡くなり、ちゃっかり社長に収まって会社の実権を奪い、麻梨乃からもすべてを奪って放り出した。

　そして今さら、会社のために生贄《いけにえ》になれと……。そんなことを平気で言える人間と、自分を比べるのもいやだ。

「わたしは……あなたを身内だなんて思ったこともない……。かかわりたくないんです！」

「優しくしてればつけあがって……このガキ！」

　掴んだ襟を引き上げ叩きつけるように放すが、それほど腕力がある男でもないので麻梨乃が突き飛ばされるようなことはなかった。

　それでも引っ張られたはずみで体勢を崩し、転倒しそうになる。

「おっと……」

　しかしその身体をうしろから支えられ、麻梨乃はなんとか転ばずにすんだ。

「大丈夫か、麻梨乃」

「あ……」

麻梨乃の身体に片腕を回して支えてくれたのは蒼真だったのである。彼女が体勢を整えると、蒼真は米倉に目を向ける。

「私の妻に、なにか？」

「妻……？」

蒼真は冷静だが、米倉はわけがわからないといった様子だ。蒼真と麻梨乃を交互に見て眉を寄せ、おそるおそる蒼真に指を向けた。

「……一条寺産業の……」

「一条寺蒼真ですよ。お久しぶりですね、米倉社長」

「どうして……こいつを……」

蒼真は米倉と知り合いなのだろうか。彼の立場的に知っていても不思議ではない。……それでも、米倉の驚きかたが尋常ではないように思えた。

「麻梨乃は私の妻です。用があるなら、私か当家の弁護士を通していただきたい。……面会を許すかは別ですが……」

米倉が目を見開く。十二月の寒空の下、こめかみから汗がしたたっていた。

「ほらー、やっぱりあのオヤジ、変質者だって」

「ちょっ、ヤバッ、お巡りさん呼んでこようよ！」

「イケメンが助けたし、大丈夫じゃない？」

「ああいうのは放っておいちゃ駄目なんだってば！」

そんな会話が耳に入り、米倉がいち早く顔を向ける。イルミネーションに大騒ぎだった女の子たちは、いつの間にかこちらを見ながら大騒ぎしていた。

声が大きいだけかわざとなのか、麻梨乃が絡まれるところを見ていたのだろう。明らかに米倉を攻撃している。

「酒飲んでんの？　やらしいっ」

「女と見ると絡んでさ、いやな感じ。イケメンを見習えっ」

「さいて～」

なにがあったのかわかっていない通行人までクスクス笑っている。彼女たちの視線の先に米倉がいるので、おのずとこの男がなにかやったと思われているだろう。

厚顔無恥の極みでも、人並みに羞恥心はある。米倉は忌々しそうに麻梨乃を見てから、蒼真に会釈《えしゃく》をしてそそくさと逃げ去った。

「やったぁ、撃退～」

「お巡りさん呼ばなくてよかったの？」

「交番どこ～？」

「え？　知らない」

楽しげに笑いながら、女の子たちも次の目的ポイントへ移動を始める。米倉撃退に大いなる貢献《こうけん》をしてくれた彼女たちだが、当人たちに自覚はないらしい。

「彼女たちの大声に助けられたな」

苦笑いをする蒼真が、抱き寄せた麻梨乃の背中をポンポン叩く。肩を抱き直して、おもむろに歩き出した。

「一人にして、すまなかった」

「……いいえ……、こんな所で会うなんて……、思わなかったので……」

ゆっくりと歩を進めながら、麻梨乃はチラリと蒼真を見る。米倉を知っていたことも気になるが、会社同士のつきあいで知っていたと思うほかないだろう。

「あれが……麻梨乃の〝親戚〟か」

麻梨乃はただ小さくうなずく。それだけで麻梨乃がいったい誰から逃げていたのかがわかっただろう。

「麻梨乃」

駐車場に入る手前で蒼真が立ち止まる。合わせて足を止め彼を仰《あお》ぐと、温かな唇が頬に落ちてきた。

「――大丈夫だから……泣くなよ？」

力強く優しい声に励まされて、泣くなと言われても泣いてしまいそうだ。

それでも「はい」と返事をして、麻梨乃は笑顔を見せた。

＊＊＊＊

マンションに帰ってきたころから、小雨が降りはじめていた。

降るのが夜遅くなってからでよかった。早くから降っていたら、広場のホワイトイルミネーションを麻梨乃に見せてやることができなかっただろう。

レストランでの食事中、麻梨乃がそわそわと外を見てはイルミネーションを気にしていた。

「帰りに観《み》ていくか？」と蒼真が言うと、とても嬉しそうな笑顔を見せてくれた。

――とても、かわいかった……。

「……麻梨乃」

囁くように名を呼び、蒼真はベッドの中で寝息をたてる麻梨乃の頭をそっと撫でる。

ベッドに腰掛けた蒼真の左手は、麻梨乃の左手にしっかりと握られていた。眠るまで手を繋いでいてほしいとかわいいお願いをされ、断る理由などない。

マンションへ帰ってきてからすぐに入浴をさせてベッドに入らせた。のんびり起きていたら、広場での出来事を思いだしていやな気持ちになるのではないかと感じたからだ。

麻梨乃本人も、いやなことを思いださないようにさっさと眠ってしまいたいと思っていたのかもしれない。ちょっと申し訳なさそうにしながらも、すぐにベッドに入るよう言われ「はい」と素直に返事をした。

ホワイトイルミネーションは綺麗だったが、観に行かなければよかったという気持ちもある。行かなければ、米倉に見つけられて絡まれることもなかった。

もう関係のない身内だとはいえ、幼い少女がすべてを失い、施設という別世界へ放りこまれたのだ。――トラウマにならないはずがない。

現にこうして、彼女は眠っても蒼真の手を離さない。きっと、不安が身体から抜け切っていないのだ。

――すべてを奪われたとき、どれほど、つらかったのだろう……。

きっと、泣くこともできないまま、歯をくいしばって耐えてきたに違いない。

麻梨乃は、本来素直で優しい。

施設の中でも小さな子には「おねえちゃん」と慕われ、同年代の子とは平等に仲良しで、年上にはかわいがられていたという。

――施設の園長は、……そうやって蒼真に教えてくれた。麻梨乃さえよければ、施設の職員として残ってほしかったくらいだと。

繋いだまま麻梨乃の手を親指で撫でる。柔らかくて小さな手、――やっと、……やっとこの手を、自分の力で取ることができたというのに……。

寝室には心地よい静寂が満ちている。麻梨乃の寝息だけが耳に響いて、蒼真は陶酔《とうすい》するように気持ちがたゆたう。

そこに雨の音が混じりはじめた。少し、雨の勢いが強くなってきたのかもしれない。

……雨の音が、昔の記憶を連れてくる……。

静かに雨音を聞いていると、ときどき思いだすのだ。――十八年前のことを。

蒼真を含む一条寺家のすべて、会社はもちろん、滅亡の道を歩む瀬戸際だったときの記憶だ。

蒼真が十五歳のとき、海外企業とのトラブルを回避できなかった一条寺産業は、倒産の危機にまで追い込まれた。

今でこそライバル会社のひとつやふたつに小賢《こざか》しい真似をされようと痛くもかゆくもないが、そのころは、まだ今ほどの土台がなかったのだ。

どんなに手を尽くしても挽回《ばんかい》は不可能。父は、いつ首をくくってもおかしくないくらい思い悩み、倒れる寸前だった。

最後の手段だったのだろう。プライドもなにも捨てて、父は最大のライバルとまで言われていた企業の社長に援助を頼みに赴《おもむ》いたのだ。

地べたに這いつくばり土下座をしてでも頼みこんでくると笑っていた父だが、これが、本当に最後の望みの綱なのだということが蒼真にもわかった。

もし、これで駄目だったら……。

考えたくはないが、それを案じて泣き崩れる母に、自分がついて行くと申し出て父に同行した。

到着したのは大きな邸宅。仕事の話だ。いくら跡取りの蒼真でも、まだ十五歳の彼はついて行くことができず車の中で待っていたのだが……。

落ち着いて待っていられるはずがない。そのときに降っていた雨が刃《やいば》になって車の屋根を突き破ってくる幻覚まで起こし、蒼真は外へ飛び出す。

敷地内にある、来客用の駐車場。家も大きいが駐車場も大きい。そこから建物を眺める。ここには、いったいどんな人が住んでいるのだろう。父は、一条寺家は、会社は、……救われるのだろうか……。

十五歳にして、蒼真は世の中の、社会の非情な現実に打ちのめされ続けた。

弱いもののほとんどは、利用され、助けの手を掴めないまま消えていくしかない。

もしも、……もしも会社が救われたら……。絶対に自分が、少しのことでは揺るがないくらい大きくしてみせる。

だから、だから、どうか……。

祈るような気持ちで、蒼真は足元に落ちる雨を見つめていた。身体は雨でびしょ濡れだが、気にもならない。

「カゼをひきますよ」

一瞬、それを人の声だとは思わなかった。透き通った、雨音に溶けこんでしまいそうな声だったのである。

人間だとわかったのは、視界の中にクリアピンクの長靴が入ったからだった。

わずかに顔を上げただけで確認できる、小さな女の子。

「びちゃびちゃですよ。カゼをひきますから、これを使ってください」

少女は自分がさしている小さな傘の他に、大人用の大きな傘を持っていた。ビニール傘などではなく、黒い立派な傘だ。

蒼真も知っている私立幼稚園の制服を着ている。腰の近くまである長い髪をハーフアップにして、水色のリボンをつけていた。

目鼻立ちがハッキリとした、とてもかわいらしい少女だ。どこから来たのだろうと思うものの、個人の敷地内なのだからここの家の子どもなのだろう。

「……君は、ここの家の？」

「はい、二階の窓からおにいさんが見えて……。カゼをひいたら大変だと思って、傘を……」

家の中にいた少女は、蒼真の姿を見つけて彼を心配したのだ。それで急いで傘を持って家から出てきたのだろう。

小さな身体で大人用の傘を持って歩くのは楽ではない。おまけに少女も、自分の傘を持っているので両手が使えない。

自分も雨に濡れてしまうかもしれないのに、偶然見つけた蒼真に気持ちを寄せてくれた。

そう考えると、胸に沁《し》みる……。

他人の優しさを感じるのが、とんでもなく久しぶりのような気がした。

大きくえぐられた傷口に、やっと塗ってもらえた薬のように。じわじわと沁みこんでくる。

頑張って地面を踏みしめていた足の力が抜ける。蒼真はその場に両膝を落としてしまった。

地についた部分からさらに濡れるが、すでに全身ずぶ濡れだ。

いまさら傘を貸してもらっても無駄だが、少女の気持ちは嬉しかった。

「……泣かないで……」

目の前に来た少女が、自分の傘を蒼真にさしかける。そんなことをしたら少女のほうが濡れてしまうだろう。焦って傘のシャフトを持ち、少女を傘の中に入れた。

「ありがとう、でも、いいんだ。君が濡れてしま……う……」

「泣かないで……」

蒼真の言葉は途中で止まった。少女が慰めるように言いながら、小さな唇を彼の頬に触れさせたのだ。

「泣かないで……だいじょうぶだから……」

かする程度の接触ではあったが、その感触は刻印を押されたかのように蒼真の頬に残った。泣きそうな顔をしているのは少女のほうだ。自分は、こんな小さな女の子を泣かせてしまうほど情けない顔をしていたのだろうか。

「おかあさんが、わたしが泣いたら、こうやってしてくれるの。そしたら、すごく元気になるから……おにいさんも、元気、出る？」

かわいすぎる応急処置に、涙どころか笑みが漏れる。蒼真は目元をなごませ少女を見つめた。

「出たよ……。ありがとう、とても……温かかった……」

蒼真が笑ったのが嬉しかったのだろう。少女はちょっと恥ずかしそうに、でも嬉しそうに、かわいい笑顔を見せてくれた。

そしてその日……、蒼真は少女に心を救われたが、一条寺家自体も救われたのである。

敵対していたはずの企業の社長は、援助要請を快《こころよ》く受け入れてくれたのだ。「またお互い、切磋琢磨《せっさたくま》できる、いい関係になりましょう」と、土下座をしそうになった父の手を取ってくれたのだという。

この恩に、報いなくてはならない。

一条寺産業は再始動し、復活の道を歩みはじめた。

――しかし半年後、衝撃的な訃報《ふほう》が飛びこむ。

一条寺を救ってくれた企業社長が、突然の事故で亡くなったのだ。それも、夫婦そろって。

葬儀には、父と一緒に蒼真も足を運んだ。大恩ある人物だけに、父は倒産の危機に陥ったときと同じくらい憔悴《しょうすい》していたように思う。

焼香を済ませ関係者と話をしている父を待つあいだ、蒼真は例の少女を探した。亡くなった社長夫婦の娘だ。葬儀の席にいるかと思えば姿が見えなかった。

まだ幼いので参列を見合わせているのか、それとも両親の死がショックで寝こんでいるのか。

しとしとと降る冷たい雨。こんな日は、あの少女に出会った日を思いだす。

駐車場へ向かうと、当然だが今日は車の出入りが激しい。そんな駐車場のそばで、蒼真は例の少女を見つけた。

雨の中、傘もささずに立つ少女は黙って家を見つめている。私立幼稚園の制服、クリアピンクの長靴、水色のリボンでくくられた髪は雨でぺたりと肩や背中に貼りついている。

びしょ濡れでもなんとも思わなかったあの日の自分を見ているようで、いたたまれない。少女に駆け寄った蒼真は、自分の傘をさしかけた。

「風邪をひくよ。家の中に入ろう？」

蒼真に顔を向けた少女の目には生気がない。泣くことにも悲しむことにも疲れた、そんな顔だった。

「……家……ないの」

少女は呟き、雨に濡れる邸宅を他人事のように見つめる。

「おとうさんとおかあさん……いなくなったから……、わたしもここにいられないみたいです……。ここは、売って、他の人のものになるって……叔父さんが……。わたしも、別の所に行くって……」

蒼真は耳を疑った。家が売られる。それも、少女が親戚に引き取られるからという理由ならともかく、少女が口にしたのは児童養護施設の名前だ。

「おとうさんの会社も……、叔父さんが大きくするから、もうわたしとは関係がないって言われました……。わたしは、……ことかかわっちゃいけないそうです……」

この子は、大人たちに、いったいなにを聞かされたのだろう。

まだ幼い頭に、なにを教えられ、心にどんな刃を挿しこまれたのだろう。

こんな話があるか。ここの親族は、誰一人として少女を救おうとしていないというのか。

蒼真はゆっくりとかがみ、正面から少女を見つめる。雨で顔に貼りついた髪を、何度も撫でてよけた。

「泣かないで……」

それはあの日、少女に教えられた慰めかただった。蒼真はそっと、少女の冷たい頬に唇をつけたのだ。

少女の母親がしてくれるという仕草。自分がやっても慰めにもなににもならないかもしれない。それでも、ほんの少しでも母親がくれた優しさを思いだして安らいでくれたら。……そんな、小さな気持ちだった。

「ありがとう……おにいさん……」

ほんの少し、少女の目元がなごんだ気がして、蒼真はホッとする。少女は自分の髪に結んであったリボンをほどくと、小さな手で蒼真に差し出した。

「……これ……もらってください」

「え？」

レース編みというものだろう。水色のリボンだ。思い返せば半年前、少女に会った日も同じリボンだった気がする。

「おかあさんが作ってくれたの……。おにいさんに、あげる」

「どうして？　大切なものだろう？　君が持っていなくちゃ」

母親が作ってくれたなら、これは形見になる。少女にとってはとても大切だ。

「わたしは……〝全部〟なくなるそうです。今持っているものは、なにひとつわたしの手にはのこらないって……言われました。……でも、これは大切なものだから、取り上げられたくない……」

胸を矢で射られるほど痛いというのは、こういうことか。

少女の境遇を思って湧き上がる嗚咽《おえつ》、こんな幼く罪のない少女になされるむごい仕打ちに、吐き気とともに大きな嫌悪感が湧き上がる。

この子は……どうして、こんな……。

蒼真はリボンを受け取り、手の中で握る。彼に受け取ってもらってホッとしたのか、少女はやっとニコリと微笑んだ。

頬に流れた雫《しずく》が、涙なのか雨なのか、蒼真にはわからない。

「ありがとう……大切にする」

——そしていつか、君に、返すよ……。

蒼真は心に誓い、リボンを持った手で少女の頬を撫でた。

「泣かないで……」

もう一度少女の頬に唇を触れさせ、そこに涙の痕を感じて悔しさに唇を引き結ぶ。

今の自分には、なんの力もない。

けれどきっと、……いつか、きっと……。

「大丈夫だよ……」

いつかきっと、君を迎えに来るから。

だから、待っていて……。

——麻梨乃ちゃん……。

第三章　身代わり蜜夜の切恋

「クリスマスはなにが欲しい？」

朝食の席でなんの前触れもなく問われ、麻梨乃は目をぱちくりとさせた。

「はい？　クリスマス？」

問い返したのが気に入らなかったのだろうか。蒼真は渋い顔をする。味噌汁椀《みそしるわん》を片手で持って箸の先を汁につけたままの状態でジッと見るので、別の反応をしてほしいのだと直感でわかった。

「く……くりすます……、そういえばもうすぐクリスマスですね」

「だから、なにが欲しいか聞いている。なんでもいいから言え」

「欲しいものって……」

言葉が止まるついでに麻梨乃の箸も止まる。いきなり欲しいものを聞かれても困るが、蒼真は明らかに麻梨乃の答えを待っている。

テーブルの向かい側から漂ってくる〝早く言え〟オーラがすごい。

「あの……蒼真さん……」

麻梨乃は箸を置き、改まって蒼真を見た。

「クリスマス……プレゼントのことだと思うんですけど……、小さな子どもではなんだし……」

「わかった。思いつかないなら俺が勝手にセレクトする」

「ですが、そんなことまでしてもらうのは……」

自分の判断という結論を出してやっと箸が動きだしたと思えば、今度は味噌汁椀を口につけたところで止まり、椀の上から蒼真の視線が飛んでくる。

理由を問われている気配を感じて、麻梨乃は控えめに口にした。

「ここに来て……三週間ほどたちますが、お洋服やら靴やら、身の回りのものをたくさん買っていただいて……。こんなすごい所で生活させてもらって……。もう一生の贅沢はしつくした気にさえなっているのに、……そのうえ欲しいものを聞かれても……」

「麻梨乃は俺の妻だ。特別なことをしているわけじゃない」

味噌汁をグッとあおり、蒼真はそのまま麻梨乃に差し出す。

「おかわり」

「あ、はい」

麻梨乃が腰を浮かせてお椀を受け取ろうとすると、その手を箸を持った右手で掴まれた。

「よけいな遠慮は一切するな。俺にしてほしいこと、欲しいものがあったら言え。わかったな」

「……はい」

手が離れると、麻梨乃はそそくさとキッチンへ入っていく。

──麻梨乃は俺の妻だ。

ズキン……と胸が痛む。

言われたとき、偽装のための妻ですけど、と喉元まで出かかったが、なんとかそれを呑みこんだ。

蒼真は本当に、麻梨乃を妻のように扱ってくれる。……麻梨乃が、おかしな誤解をしそうになるくらい……。

だが、彼が偽装妻である麻梨乃に一線を引いているだろうことは、なんとなくわかる。

──彼は、初夜から今まで、麻梨乃を抱かない……。

「温め直さなくても、そのままでいい」

お味噌汁のお鍋をコンロに置こうとしたとき、タイミングよく蒼真から声がかかる。顔を上げるとダイニングテーブルの椅子に座ったまま上半身をひねり、彼がこちらを見ていた。

「ぬるいですよ？」

「ぬるくても冷たくても、麻梨乃の味噌汁は美味《うま》いからいいんだ」

照れてしまうことを平然と口にして、蒼真は身体を戻し食事を続ける。

施設では食事の用意を毎日手伝っていた。立派な料理は作れないし高級食材にはさわったこともない。普通の料理しかできないが、蒼真は麻梨乃の料理に一度も文句を言ったことがない。

それどころかなにを作っても褒めてくれる。自分用の常備菜にしようと作っておいたニンジンの皮の甘辛きんぴらを「美味い」と褒められたときは、嬉しいが彼にこういったものを食べさせてもいいのかと麻梨乃のほうが焦ってしまった。

「はい、どうぞ」

「ありがとう」

麻梨乃がおかわりを持っていくと、蒼真は笑顔で受け取ってくれる。はた目で見れば、とても幸せそうな新婚家庭ではないかと思う。

そう感じれば感じるほど、これは新婚夫婦を偽装しているだけなんだという事実が、麻梨乃の中で大きくなっていく。

最近、痛いほどそれを感じていた……。

「ああ、そうだ、ちなみに……」

味噌汁に箸をつけようとしたところで、蒼真はまだ横に立っている麻梨乃を見てニヤリと口角を上げた。

「俺がおまえにねだるクリスマスプレゼントはもう決めてあるから、覚悟しておけ」

「え？　……はい？」

にわかに焦りが走り、麻梨乃は一歩後退する。

「蒼真さんへの……クリスマスプレゼント、ですか？」

「そうだ。用意は心配するな。当日で大丈夫だ。……ただ、プレゼント、っていうものは、相手が喜ぶことを考えてするものだからな。そのあたり、肝《きも》に銘《めい》じておけ」

「喜ぶ……こと」

早い話が、指定された事柄で蒼真が喜ぶように考えろ、ということなのだろう。

（な……なんだろう……。高価な物とかは無理だし……）

しかし準備の必要がなく当日でいいというなら、物品の類ではないようにも思う。

（なにか作ってほしい料理があるとか……？）

お味噌汁に続いて卵焼きに箸をつけた蒼真を眺め、ふむっと考えこむ。初めて卵焼きを作ったときも、味付けがちょうどよくてふわふわしていると褒めてもらった。お惣菜《そうざい》屋さんでアルバイトをしていたときの経験が役にたったのだが……。

(お坊ちゃん育ちの苦労知らず……みたいな雰囲気はあるけど、意外に普通っぽいところが多いんだよね……)

麻梨乃は、一緒に暮らしはじめたこの三週間の蒼真しか知らない。

どんな少年時代をすごして、どんな趣味があって、どんな恋をして……。そんなことは一切知らないのだ。

もしかしたら大学のそばにあった定食屋さんの常連で、そこの家庭料理が好きだったから、麻梨乃が作るごく一般的な料理にも免疫があるのかもしれない……などと想像する。

……なんにしろ、いつお役御免になるかわからない偽装妻が、そこまで知る必要はないのだろう。

「どうした? まだ残っているぞ」

麻梨乃がいつまでもその場に立っているので、なにかと思ったのだろう。蒼真はまだ残っている彼女の朝食を指さして顔を向ける。

「食べているときもイイ男だなとか見惚れていたのはわかるが、ちゃんと食え」

「なんですか、その自惚《うぬぼ》れはっ」

「自惚れとはなんだ。妻にかっこいいと思ってもらいたいのは当然だろう」

「かっ……かっこいいですよっ、イイ男ですよっ、はい、これでいいですねっ。ご飯食べます」

なんとなく麻梨乃を困らせたくて言わされてしまったような気もする。それでも頬が熱くなるのをごまかすため、麻梨乃はお味噌汁を運んだお盆を戻すふりをしてキッチンへ向かう。

「クリスマスが楽しみだ」

楽しそうな蒼真の声が耳に入り、胸の奥がくすぐったくなった。


この三週間でわかったのは、一条寺蒼真という男性は、怖そうな外見とは想像もつかないほど優しいところが多く、マメで庶民的な人だということだ。

(部屋の片づけも自分でやっていたっていうし)

書棚を拭き終えた化学雑巾を裏返してたたみ直し、麻梨乃はフゥッと軽く息を吐く。

蒼真の書斎を掃除していたのだが、正直なところ綺麗に整いすぎていて、かえって手を出していいのかと悩むレベルだ。

あの歳で男の独り暮らし。おまけに社長という身分なのだから通いのハウスキーパーでもいそうなものだが、そういったサービスは一切受けたことがないらしい。

（なんでも自分でやらなくちゃいけない苦労時代があったから、そのときの癖で……とかならわかるけど……）

詮索しつつ別の可能性を思いつく。なにもハウスキーパーを頼まなくとも、恋人が世話をしてくれていたのかもしれない。

社長じゃなくたって、あの容姿だ。恋人のひとりやふたり……。

「……ない……」

ポツッと呟き、麻梨乃はデスクのほうへずんずんと歩く。考えているうちに胸にモヤモヤしたものが溜まってしまい、そのうっぷんを晴らすかのように足音が大きくなってしまった。

「いるわけないよ、あんな怖そうな人っ。見た目がいいからモテることはモテるんだろうけどっ」

わざわざ口に出してムキになっている自分に気づいて、言葉を止める。

（なにムキになってるんだろう……）

自分に呆れながら、麻梨乃はかがんでデスクの周囲を拭きはじめた。

「……だって、〝あの人〟だって、すごくいやがってた……。一生牢獄《ろうごく》に入るようなものとまで言ってたし……」

自分に向けた言い訳を口にして、ふと、手を止めて考える。

元の花嫁は、なぜあんなにも蒼真をいやがっていたのだろう。

恋人がいるからという理由で結婚をいやがるのはわかる。けれど、蒼真はあんなにもいやがられるほどひどい男だろうか。

ひどいどころか、偽装花嫁である麻梨乃にも、とてもよくしてくれる。

無理やり花嫁役にして利用している責任、だとしても、少々横柄《おうへい》な態度の陰には頼もしさと寛容さがある。

一緒にいると……本当に愛されているのではないかと錯覚するくらいだ。

でも……蒼真は本当に、元の花嫁〝まりの〟が好きだったのだろう。そう思える点がありすぎて、それを感じるたびに……つらい。

両親不在の時期に緊急で結婚式を強行するあたり、彼女を恋人に取り返される前に自分のものにしてしまいたかった証拠だろうし、あれだけプライドが高そうな人が恋人のいる女性と結婚したがるなんて、よっぽどだ。

そして……なんといっても……。

麻梨乃はデスク周りを拭いていた手を止めて立ち上がる。……考えていたら、切なくなってきた。

――蒼真が初夜からずっと麻梨乃を抱かないのは、元の花嫁に対する想いがあるからではないか。

初夜に麻梨乃を抱いたのは、偽装花嫁として自分の手から逃がさないためであって、気持ちがあったわけじゃない。

もしかして彼が「麻梨乃」と呼んでくれるその陰には、元花嫁に呼びかける気持ちが込められているのかもしれない。なんといっても、同じ〝まりの〟だ。

だんだん苦しくなってきた胸を、いつの間にか握りしめていた両手で押さえる。もう考えるのはやめよう。考えれば考えるだけ、つらくなるのは自分の心だ。

デスクの上も軽く拭いておこう。素早く手を動かした拍子に積み上げられていたファイルを動かしてしまった。積まれた数冊がずれただけだが、蒼真がそろえて置いたなら気にするかもしれない。

「ごめんなさい」

不在の主に謝りながら、そろえ直そうと上のファイルを持ち上げる。……その下に、ハガキほどの大きさの用紙が数枚挟まれていた。

それを目にして、麻梨乃は身体が固まった……。

蒼真は仕事柄、いつも早く帰ってこられるわけじゃない。

新婚ということで秘書が少し気を遣ってくれるようだが、本人が仕事熱心なせいもあり帰宅が遅くなることもしばしばだ。

そこにつきあいや接待が入れば、日付が変わる直前の帰宅になることもある。

その日、仕事で遅くなると連絡が入ったのは夕方近くだった。出社前には「金曜なので今夜は外食にしよう」と言われていたが、必然的に取りやめだ。

密かに楽しみだった麻梨乃は、午後にはいそいそと外出用の服を選び、先日彼が気に入って買ってくれた少々胸元のカットが大胆なワンピースを用意していた。勇気を出して着てみようと決心していただけに、ちょっと残念である。

蒼真と外出することにも、だいぶ慣れた。あまりお洒落《しゃれ》とは縁のない生活をしていたので外出時のコーディネートに自信がなかったが、蒼真がすべてサポートしてくれた。ワンピースとコートを合わせて、靴とバッグもそろえてくれる。

最近になって、自分で選ぶ程度のセンスは身に着いてきたと思う。

だからといって彼に見合うだけの女性に……ましてや妻になれているのかと考えると……。疑問はある。

――たぶん、なれてはいないだろう。

玄関のドアが開き、蒼真が帰ってきた気配がする。いつもはドアチャイムを鳴らしてから入ってくるのだが、帰宅が二十三時をすぎると鳴らさずに入ってくるのだ。

麻梨乃が寝ているかもしれないから。そう気遣ってくれているのを知っている。ただ、蒼真が遅くても先に寝ていたことはない。

「え……？　今日は寝ているのか……」

それなので、リビングの照明が消えていて麻梨乃の姿もないと知ったときの蒼真は、少し驚いた声を出していた。

遅くなると連絡をしたとき「寝ていてもいいから」と言ったのは自分だが、いざ本当に麻梨乃の姿がないと、残念で苦笑いが漏れる。

……そんな蒼真の背後から近づき、麻梨乃はコートの背を握ってそっと寄り添った。

「麻梨乃？」

「……おかえりなさい」

「起きていたのか。どうした、電気も点《つ》けないで。……もしかして、驚かすつもりだったのか？」

麻梨乃がかわいい悪戯《いたずら》をしようとしたと思ったらしく、蒼真は軽く笑い声をあげる。

「……寂しかった……」

しかし、控えめな麻梨乃のひと言に、彼の笑い声は止まる。一枚もののパジャマを身にまとった麻梨乃を片腕で抱き寄せ、胸の中へ抱き入れた。

「食事の予定だったのに、行けなくてすまなかった。土曜の昼に食事をしながら、という案もあったんだが、土日は麻梨乃といたいし。……それで、今夜に変更したんだ」

開けてあるコートのフロントラインから手を入れて、蒼真の腰に軽く抱きつく。さすがに様子がおかしいと感じたのか、大きな手が麻梨乃の頭を撫でた。

「どうした？　出迎えの仕方はすごく嬉しいんだが、……なにかあったのか？」

「寂しいんです……」

「すまなかった。明日明後日は一緒に……」

「蒼真さんの……奥さんに、ちゃんとなることができていなくて、寂しいんです……」

今夜の食事の予定がなくなってしまったから寂しがっていると思っていたのだろう。意外な言葉が続き、頭を撫でていた蒼真の手が止まった。

「でも……蒼真さんはそれ以上に寂しいんですよね……」

「麻梨乃？」

「わたしが……、蒼真さんのお嫁さんを逃がしてしまったから……。蒼真さんは、寂しいんですよね？　周囲に偽装はできても、わたしが、お嫁さんの代わりなんてできていないからだ。

「そんなことを気にしなくてもいい。麻梨乃は充分に……」

「……」

「だから、初夜からずっと……夫婦らしいこと、なにもしないままなんですよね……」

こんなことを言うのは、すごく恥ずかしかった。けれど口にしなければいつまでもこのまま

「蒼真さんは、いなくなったお嫁さんがとても好きだったんだと思います。いなくなる原因になったわたしにまで優しくしてもらえるのは、とっても嬉しいけど……でも、わたしは、お嫁さんの代わりになれていない……。蒼真さんの寂しさを癒《いや》せてない」

蒼真があまりにも優しくて、自惚れかけていたのだと思う。

しかし今日、それが本当に自惚れなんだとわかった。

書斎で見つけたハガキ大の用紙。それは、いなくなった〝まりの〟の写真だったのだ。

すべてとてもいい笑顔で写っていて、綺麗に撮ってあげようという撮影者の愛情が感じられるアングルばかり。

これを撮ったのが蒼真で、彼がこの写真を大切にしていて、毎夜書斎でひとりで眺めているのなら……。

彼は、いなくなった〝まりの〟が恋しくて、寂しくて仕方がないのではないか。

そばに麻梨乃がいても、妻の代わりにはなれていない。

「……こんな状態でそこまで言われると、すごく期待するんだが……。麻梨乃は、俺を癒してくれるの？」

麻梨乃がこくりとうなずくと、止まっていた大きな手が髪を撫で、うなじにもぐりこみ指先で肌を撫でた。

「どうやって？」

ふるふるっと身体が震える。うなじを撫でられた刺激のせいか、それとも問いかけてきた蒼真の声がとんでもなく色っぽかったせいか。……どちらなのかはわからないが、おそらく、両方だろう。

麻梨乃がなにを言いたいか。蒼真になにを求めているか。彼は間違いなくわかっていると思う。それでもあえて聞いてくるのは、ちょっと意地悪だ。

「蒼真さんを癒せるなら……。抱いてほしい……です……」

最後は声が小さくなった。反対に鼓動の大きさは最大になる。

口にした言葉が恥ずかしくて彼の顔を見られないというのに、あごをすくわれ顔を上げさせられてしまった。

「麻梨乃、俺が欲しい？」

視線を絡めてそんなことを聞かれてはたまらない。おまけに蒼真は、見入ってしまいそうなくらい慈しみを込めた瞳で麻梨乃を見つめている。

胸のときめきは止まらず、頬の温度は上がるばかり。

「……はい」

胸が苦しくて、それだけを言うのが精一杯。もう少し気持ちに余裕があったなら「クリスマスプレゼントの代わりでもいいです」と、おどけることもできたのに。

「麻梨乃にそこまで言われると、堪らないな……」

蒼真の手が離れ、代わりにフワッと姫抱きにされる。今までで一番優しく抱き上げられたような気がして、胸の奥がきゅんきゅん騒いだ。

当然の行き先のように寝室へ入った蒼真は、麻梨乃を静かにベッドへ下ろす。彼女を見つめ、唇を重ねて小さく柔らかい唇を食みながら、自分のコートやスーツを次々に脱いでいった。

「誘う気、満々だったんだ……？」

上半身裸になった彼に上から意味ありげな笑みを向けられ、羞恥に身が縮む。

彼の両手はパジャマの上から麻梨乃の胸を掴んでいる。ブラジャーを着けないふくらみの感触を、布一枚越しに感じるのだろう。

もともと就寝時はブラジャーを着けない。それを思えばいつもどおりなのだが、今夜はこうなることを見越して着けていなかったのだと思われても仕方がない。

……間違いではないのだし……。

「もしかして、こっちもか」

「あっ……」

わずかに焦る。蒼真の片手が足のあいだに伸びたのだ。

「やっぱり……」

パジャマの上から足の付け根、腰周りをゆっくりと撫でていく。……ショーツを穿《は》いていないせいで、下半身のシルエットがそのまま浮かんだ。

「抱き上げたときに、そんな気はした」

「……いらないと……思って……」

「どうせなら素っ裸で待っていてくれてもよかったのに。でもそれだと、ここまで運んでくるあいだも我慢できなかったかもしれない」

「さすがにそれは……ぁンッ……」

片方の胸のふくらみを掴んでいた手に力が入る。布越しに感じる彼の手の温かみが、直接さわるよりも熱い気がした。

下半身を探っていたもう片方の手は麻梨乃の恥丘の上で止まり、布越しにぐりぐりと圧し回す。唇は掴まれていないほうの頂をとらえ、ハアッと熱い吐息を吹きこんではちゅくちゅくと吸いはじめた。

「あ……んっ、蒼真……さ……」

咥えられた胸の布が彼の唾液で濡れていく。そのせいか息を吹きこまれると熱湯につけられたかのように熱く、放されると急速に冷えて、尖《とが》り勃《た》った頂がゾクゾクする。

「あぁ……ダメ……パジャマ、濡れちゃ……ぁっ」

「どうせこっちも濡れる」

柔らかく恥丘の表面を揉みほぐしていた手がパジャマごと股間を掴む。秘門の上でそろえた指を動かされ、柔らかく動くそこがすぐに蕩けていった。

「ほら、しみてきた……」

「ンぅ……やぁっ……」

揉み動かされる部分が熱い。柔らかな秘部の下であふれていた蜜が、秘裂を押されて外へ漏れてくる。

パジャマと一緒に蒼真の指まで濡らしてしまっている。彼はそれを楽しんでいるのか、秘裂の両側を二本の指で挟んで絞るように動かした。

「あっ、や……アンッ……ぁ」

「悪い子だな、麻梨乃。こんなの……ぜったいにシないわけにいかないだろう」

胸から手を離し、代わりに麻梨乃の足を押し広げた蒼真が蜜で濡れた部分に顔をうずめる。

「そ……蒼真、さ……」

麻梨乃がわずかに慌ててしまったのは、直接ではなくパジャマの布越しに唇をつけられたからだ。

ワンピース型のパジャマなので足を広げられても腿のあたりが隠れ、同じ布一枚でもショーツだけの場合よりは恥ずかしさが軽減される。

それでもこの状態では故意に隠して悪戯をされているような、また違う恥ずかしさを覚えた。

湿った布を尖らせた唇でつつき、そこを咥えるように口に含んで熱い息を吹きこむ。麻梨乃は腰を痙攣《けいれん》させ、切なく啼《な》き耐えた。

「アぁぁ……やぁ……ンッ、あつい……のぉ……」

どこか扇情的《せんじょう》でかわいい声に煽られたのかもしれない。蒼真が勢いよく布をまくり上げ、さらに足を広げさせて目の前に秘部をさらしたのだ。

「ぬるぬるに光って……すごく綺麗になってるぞ……。熱かったか？　……あとで、ナカまで熱くしてやるから」

「あ、ぁっ、そうまさぁ……」

彼の声がひどく上ずっている。雄の猛々《たけだけ》しさを感じ取った身体が内側から潤い、潤沢《じゅんたく》な泉がわき出す気配がする。

「あっ……あぁ……」

それだけで全身がわななく。麻梨乃は両手でシーツを掴み、こっそりと身悶《みもだ》えた。

「ハァ……あっ、そんなに、見ない……でぇ……」

蜜溝を舐め上げる蒼真の舌がぺちゃぺちゃ音をたてる。彼がわざとたてているのだと思いたいが、刺激され続ける官能が熱い蜜を生み出しているのがわかるので、自分があふれさせているのだと認めざるを得ない。

蒼真の両手がパジャマの上から上半身をまさぐり、胸のふくらみを布ごともみくちゃにする。手のひらや指で奔放《ほんぽう》に探られ揺られさて、胸全体がもどかしくて堪らない。

「う、うんンッ……やぁ……そこ……あっぁ」

もっとしっかりさわってほしい。布に擦れる頂が、うずうずしてつらい。

「麻梨乃、ボタンを外せ」

「……え？」

「早くしろ。麻梨乃の肌に触れたくて、ボタンごとパジャマを引きちぎりたくなってる」

「は、はいっ」

そんな乱暴な願望を持ってしまうほど彼が高まっているのだと思うと、それだけで体温が上がる。

麻梨乃は急いでボタンを外すが、こんなにも外しづらかっただろうかと考えてしまうほど上手く外せない。

パジャマのボタンが何個あるか数えたことはないが、裾はふくらはぎまでの長さがあり、ボタンは膝までついている。まくり上げられていたせいで引き寄せる手間はない。

だが外しているあいだも蒼真の舌は秘園でうねり、両手は太腿を撫で、胸の代わりとばかりにお尻の円みを鷲掴《わし》みにしている。

そんな刺激が切れることなく伝わってきているせいで、指が震えてしまうのだ。

ボタンをやっと全部外した瞬間、待ってましたとばかりに前を広げられる。

「きゃ……！」

驚いてピクンと震えた胸のふくらみを両手で大きく掴み、視線を上げた蒼真の双眸が満足そうに笑んだ。

「イイ子だ。麻梨乃」

「あ……ぁあンッ！」

いきなり両の乳首をつまみ上げられ、くにくにと揉みたてられる。充分な硬さを持っていたそこは、従順にその刺激を全身に行きわたらせる。

「どれだけさわってほしかったんだ。……こんなに硬くして」

「あぁぁ……ぅん……ンッ！」

「俺も、さわりたくて仕方がなかった」

「あ……ぁ、そうま、さぁ……ん、ぁぁ……」

「もうさわらないで、って言われても、さわるから」

「そ、そんなこと、言わな……ぃ、んん……」

片方の乳首を執拗《しつよう》にもてあそばれ、もう片方が大きく揉み回される。秘部を舐め回していた舌が蜜口を攻め、先を細めては挿しこんで入口で蠢《うごめ》いた。

「あぁ……あ、あっ、やぁ、ん……」

快感が全身に満ちて、血液と一緒にぐるぐる回っているかのよう。蒼真にどこをさわられ舐《ねぶ》られても、見つめてくる視線さえ、麻梨乃をどんどん高揚させていく。

「やっ……ダメ、ダメェ……あっ！」

身体がおかしくなりそうだ。高まった熱が頭にのぼって火山のように爆発してしまいそう。

蒼真の頭を両手で掴み、腰をじれったそうに動かす。一緒に彼の唇も動き、より強く押しつけられた。

「ダメっ、そこぉ……あぁん！」

「いいから、……イけっ……」

きゅうっと強く乳房と乳首を同時に絞られ、蜜口とキスをしていた唇が愛液を貪る。その瞬間、小さな花火が連続して爆《は》ぜた。

「あぁぁンッ……やっ……あぁ――――！」

足のあいだに力が入り、蒼真とディープキスを繰り返した下の口が跳ねるようにピクンピクン動いているのがわかる。

「あ……あぁ……」

腰を引き攣らせて麻梨乃がうめくと、蒼真が身体を起こし自分の下着とトラウザーズを一緒に脱ぎ捨てる。麻梨乃の身体からもパジャマを奪い、達した余韻で瞳を潤ませる彼女にくちづけた。

くちゃくちゃっと唾液同士を絡ませる。ちょっと恥ずかしい味が口腔内に広がると、蒼真がこれを味わいつくしたのだと意識して隘路《あいろ》が収縮した。

「舌、出してごらん」

囁くように指示され、半開きの唇から先端を覗かせた。彼の舌にチロチロと悪戯され、あまりにもくすぐったくて引っ込めてしまいたい。おそらく引っ込めたら注意されると思い、逆にペロッと出してしまう。

「つーかまえた」

ドキッとするほど艶っぽい声で囁かれた次の瞬間、舌をズッと吸い上げられ先端を甘噛みされた。

「ハァ……ハ……あっ、ぁ……」

あごに心地よい電流が流れ、口の中に潤いがあふれる。嚥下できないまま唇の端から雫が垂れると、蒼真に強く吸いつかれ唇を貪られた。

「ン……ンッ……」

激しくて喉でうめくことしかできない。さらに彼は両乳房を奔放に揉み回した。

「ああっ、クソッ……かわいすぎてメチャクチャにしたい……!」

「そ、蒼真さんっ……」

彼が口にした乱暴な言葉は、冗談のようだが本気にも聞こえる。

――本気なら、嬉しいのに……。

蒼真がサイドテーブルに手を伸ばし、小さな引出しを開ける。そこになにが入っているのかを知っている麻梨乃は、ドキリと鼓動を跳ね上がらせた。

ここへ来てから使うのは初めて。そこには避妊具が用意されているのだ。寝室の掃除をするときに見たので知っている。

「逃げるなよ?」

言い聞かせるように言って、四角く薄い包みを指に挟んだ蒼真が身体を離す。

「……逃げません」

麻梨乃が小声で言うと、避妊具の封を切った唇をニヤリと上げられてドキリとした。

準備を終えた蒼真が軽く覆いかぶさってくる。鼓動を高鳴らせて彼を見つめていると、手を取られ彼の肩に置かれた。

「ちょっと抱きつけ」

「え? はい」

なんだろうと思いつつも蒼真の肩から両腕を回す。すると、麻梨乃の身体を抱き支えた彼がそのまま身体を起こした。

「きゃっ……!」

驚いて力を入れて抱きつく。身体が起きると膝が立ち、足を伸ばして座った蒼真の腰に跨《また》がる形になっていた。

「や……んっ!」

ピクンと背が伸びる。彼が腰を上げ、ちょうど当たる位置にある秘部を、そそり勃つ屹立で突っついたのだ。

「やん、は、ひどいな」

「ごめんなさい……」

とはいえ、いきなりつつかれれば焦る。

「まぁ、麻梨乃の『イヤ』は最高にかわいいから、許す」

楽しげに言い、つんつんつんっと繰り返しつついてくる。触れているものがモノだけに、秘部がじくじくと疼いてきた。

今にもそのまま入ってきそうな雰囲気に、鼓動が速くなる。蒼真の肩に両手を置き、麻梨乃は切なげな瞳で蒼真を見た。

「……蒼真さん……」

「欲しい？」

「……はい」

麻梨乃の背中にあった彼の手が、スルッとお尻の円《まる》みを撫でる。持ち上げるように太腿との境目に指を引っかけ、ついでにとばかりに左右に開いた。

「やんっ……あっ……！」

今度は「やん」と言っても許される恥ずかしさだ。困った顔で蒼真を見ると、彼はどこか剣呑さを感じさせる妖しい微笑みで麻梨乃を溶かす。

「じゃあ、自分で入れてごらん」

「自分……で?」

「欲しいんだろう?」

なんだか意地悪をされている気分だ。それでもゾクゾクしてしまうのは、蒼真に抱いてもらえるという期待感があるからだろう。

麻梨乃は腰を動かし、彼の切っ先を感じながら秘部にあてがう。思い切って腰を落とそうとするが、目指す場所に上手く引っかかっていないらしく秘溝を擦って前方にずれてしまった。

「あんっ……」

滑った竿先が敏感な突起を弾いたらしい。ピリッとした快感が走って、麻梨乃は腰を引き攣らせる。

再チャレンジを試みる。今度はうしろへずれてしまい、広げられた所に秘づく窄《すぼ》まりの上を擦り、驚いて腰を逃がした。

「俺のに手を添えればいい。だいたい、自分のイイトコロだってどのへんなのかよくわかってないくせに、無理をするな。遠慮なく、グッと握っていい」

見るに見かねて蒼真が提案してくれるが、遠慮なく握れ、は自分で挿入する行為より勇気がいる。

それでも、彼が言っていることも間違いではなく、麻梨乃が上手くできないままだと繋がることができない。

麻梨乃は蒼真の肩から両手を離し、片手で彼のこわばりに触れる。グッと握る勇気はないが、ずれないように手のひらで包みこみ軽く支えた。

薄い膜を纏《まと》っているせいかもしれないが、考えていた以上に表面が柔らかい。それでもとても熱くて、強く握ったら手のひらが溶けてしまうのではないだろうか。

……そして……。

（お……おっきいんですけど……。初夜のとき、こんなのが入ったんだ？）

改めて感じる衝撃に、恥ずかしい動揺を起こす。

もう片方の手で、それを迎える入口の場所を確認するが、これも自分が考えていた以上にぬかるんでいて、もしかして溶けてしまっているのではないかと錯覚した。

指に触れる愛液が熱い。蒼真を感じた証拠なんだと思うと、また感情が昂ぶった。

「ほら、麻梨乃」

お尻から左手を離した蒼真が、手の甲を向け、顔の横で指を立てて見せる。

「指輪をはめてくれたときみたいに、ゆっくりでいい」

「あ……」

結婚指輪を着け合った日を思いだし、そういえばちょっと挿入の行為に似ているとの考えが頭をよぎって照れくさくなる。

直接は見えないが、麻梨乃は視線を下にして集中し、指で確認した蜜口に彼の切っ先をあてがった。

「あっ……」

蒼真の存在を改めてそこに感じ、思わず声が出る。おそるおそる腰を落とすと、ぬぷぅっと膣口が柔らかな先端を呑みこむが、その先に続く大きなものを思いだして一瞬腰が引けた。

「あっ……ぁ」

「そのまま、入れて」

ゆっくり、ゆっくり、腰を落としていく。熱い塊が自分を圧し拓《ひら》いていくのを感じる。意識をして進んでいるせいか、怖いくらいに彼の感触が伝わってきた。

「あっぁ、蒼真さぁ……ハァ……ぁ」

激しいことをしているわけではないのに、息があがる。蒼真が奥の奥に進んでくるごとに、中がキュッと締まった。

「そんなに何回も締めつけるな。それじゃなくても麻梨乃に握られていた段階で、もう爆発しそうだったのに」

「わざとじゃ……ない、からぁ……ぅンッ……」

たっぷり入ったような気がして動きを止める。が、蒼真に「まだ半分だ」と苦笑いされ、肌がゾクゾクっとわなないた。

「これ以上……入れたら……、壊れちゃいそう……」

そっと手を添えて確認すると、本当に彼の屹立は入りきっていない。それどころかまだだいぶ入場待ちがある。

まだまだ入るのはわかったが、途中まで埋まった蜜路がこの大きな塊にヒクついて、これ以上を怖がっている。

「んっ……ぁ、まだ、入る?」

「当たり前だろう」

いきなり腰を強く突き上げられ、途中で止まっていた剛直が突きこまれる。瞬間的に腰が逃げかけるが、蒼真の両手に押さえられ、深く繋がったまま麻梨乃は背を反らし固まった。

「あぁぁぁ……あっ……!」

このままだとひっくり返る可能性があると感じた手が、咄嗟に蒼真の腕を掴む。なんとか体勢は保ったものの、腰を強く落とされ恥骨がこすれるくらい密着した圧迫感で、麻梨乃は眩暈《めまい》を起こしそうだ。

「そうま、さ……ぁン、深い……あっ！」

「おまえと繋がれるのが、嬉しくて堪らない」

「あっ……あ、わたし……わたし……も、あああっ……！」

「麻梨乃！」

感極まったといわんばかりの声で麻梨乃を呼び、蒼真は強く彼女を突き上げる。同時に、強く掴んだ彼女の腰を浮かせては沈めるので、上から下から肌がぶつかり合う。

「ああっ、あっ、あぅんっ……そんな、にっ……！」

深く彼と繋がると、肌の火照りは上昇するばかり。ジュンっと肌が汗ばみ、ぶつかり合う肌に汗の潤いが加わる。

この汗は蒼真を感じて自分の内側からしみ出したものだ。そう思うと、これも快感の証であるような気がする。

蒼真に抱かれて、自分がどこまでも濫《みだ》りがわしく変わっていく。そんな想いが麻梨乃を身悶えさせた。

「あぁっ、あっ……ダメェ……ぇ、こんな……のぉ……！」

「駄目なのか？　やめるか？」

「やっ……や、やだぁぁ……あぁん……！」

麻梨乃はただ否定をして首を左右に振る。これでは激しくされるのがいやなのか、やめると言われたのが駄目なのか、わからないかもしれない。

それでも蒼真にはわかっているだろうと思うのに、彼は意地悪をする。いきなり動くのをやめたのだ。

「あ……ンッ、そうま、さ……ん」

「こんなのダメ、なんだろう？」

「ち……違う……、そうじゃなくてぇ……」

「なにが『ダメ』だった？」

とんでもない意地悪だと思う。……わかっているくせに……。

「だって……ぁの……」

しかし答えなくては蒼真は動いてくれそうもない。自分で動こうとしても腰を押さえられてしまっているので無理だ。

余裕たっぷりに麻梨乃を眺めているが、蒼真だってこんな状態ではつらいはず。そのうち辛抱切れてしまう気はするが、根競《こんくら》べをするなら麻梨乃のほうが負けるのは明白だ。

「だって……あんなにされたら……どんどん自分がいやらしくなっていくみたいで…。恥ずかしくて……」

おそるおそる口にすると、蒼真がふっと微笑んだ。

「馬鹿だな……」

そして、止めていた怒張を雁首ギリギリまで引き、一息に突きこんだのである。

「ひゃっ、ぁ……あああっ！」

息をつく間もないほど連続で深くを突かれ、内奥を穿たれる。逃げたくても逃げられない。

受け止めるしかない激情は、あっという間に麻梨乃を絶頂へ引き上げた。

「やぁ……やぁぁ、こわ、れ……そぅ、あぁぁっ――！」

大きく背をそらしうしろへ倒れそうになる身体を、両腕を回して蒼真が支えてくれる。

「あぁ、ぁ、蒼真さ……ん……」

蜜窟全体がビクンビクンと震えて、まだ中で勢いを保つ雄茎を蠕動《ぜんどう》する。こんなに激しくされたらつらいとさえ思うのに、麻梨乃の身体は彼を放さない。

「いやらしくて……ごめんなさい……」

快感で瞳を潤ませる麻梨乃を見つめ、蒼真は彼女の頬にくちづけた。

「大丈夫だ。泣くな」

「蒼真さん……」

「もっと、……いやらしくなっていい。……いや、なれ」

火照ってピンク色になった肌に唇を落とし、胸の頂を咥えこむ。吸ってゆるめて、ゆるめて吸って、くちゅくちゅと咀嚼《そしゃく》するように口腔を動かし、麻梨乃の快感に休みを与えない。

麻梨乃は蒼真の頭を抱き、髪を握る。

「蒼真さ……ん、そうまさぁ……ん……」

髪の毛を混ぜ、また握り、もっとと言わんばかりに胸に押しつけて、麻梨乃は彼を感じたい自分を全面に出していく。

「そうだ麻梨乃、そうやって俺を欲しがれ」

熟れた果実のようになった乳首をじゅるじゅる吸い上げて甘噛みする。麻梨乃が腰を悶えさせるとポンッと放した。

「こっちもしてやる」

おとなしく順番待ちをしていた反対側も咥えこみ、同じように咀嚼しては吸いついて甘噛みした。

「あっ……ぁ、胸ぇ……ぅンッ、ん……」

気持ちよさに背がしなる。あまり反り返っては倒れてしまうところだが、蒼真が背を支えてくれているのでその心配はない。

……と、思ったのだが、麻梨乃は支えられたままあお向けに倒されてしまった。

倒れたのは麻梨乃だけ。蒼真はベッドに座った体勢から、繋がった部分が離れないよう両膝を半分立てる。

麻梨乃は蒼真の腰に跨っていたので、彼が身体を上げると腰も浮く。両足が彼の太腿にのり、少し視線を下げると二人が繋がった部分が目に入ってしまうのだ。

それが、なんだか恥ずかしい。

「……恥ずかしい……」

両手を伸ばして自分の太腿に触れる。それで、この体勢のことを言っているとわかっただろう。しかし蒼真は「なにが？」と言いたげに小首をかしげて見せる。

「これ……見えちゃう……」

「そうだな。見える」

蒼真は繋がった部分に視線を落とし、出し抜けに秘芽を指で弾いた。

「ひゃぁぁんっ……」

ピクンと腰が跳ねた瞬間、抜けないようにと頑張っていた剛直がグググッと押しこまれていった。

「あっ、あぁっ！」

「入っていくところ、丸見え。麻梨乃に喰《く》われてるって感じで、興奮する」

「そんなこと……ばっかり……あっ、んっ」

「恥ずかしくてイヤか?」

蒼真の腰がリズミカルに動きはじめる。彼の両側に置かれていた足を信じられないくらい大きく開かれて凝視されているのを見ると、官能がゾクゾク悶える。

「ハァ……ぁ、蒼真さんが……そうしたい、なら……」

切れ切れの吐息に言葉を混ぜ、麻梨乃は太腿にあった手を内腿にかける。まるで自分で押さえて足を開いているような形を作り、蒼真を見つめた。

「蒼真さんが……したいように……シて、いい……」

「麻梨乃……」

「蒼真さんなら……いいの……。蒼真さんになら、なにをされても……いい」

見つめていた蒼真の双眸に、鋭さが宿る。怒られてしまいそうな怖さがあるのに、……なぜか、麻梨乃にはそれが切なそうに見える。

「当然だ……」

内股を押さえている麻梨乃の手に自分の手を添え、蒼真は抜き挿しを速くする。余すところなく見えるくらい開いていているせいか、擦り上げられる蜜口の刺激が内腿にまで響いてくる。

「麻梨乃を好きにしていいのは……俺だけだ」

「んっ……ンッ、あぁ、蒼真さ……あっ！」

「今も……。これからも」

「すご……ぃ、刺さって……身体、刺されてる、みたい……あああんっ！」

腰から斜めに上がっているせいか、突き挿さってくるストロークが頭にまで電流を流す。本当に彼に突き刺されているかのよう。

「ふぁ、ぁ、おかしく、なる……ンッ」

「おかしくなっていい。むしろ、なれ」

ぱしゅんぱしゅんと鋭い音をたてて肌が艶啼く。突き動かされ大きく揺さぶられて、本当におかしくなってしまいそう。

「ハァぁ……あっ、あ、ダメェっ……」

肩をすくめ身を縮めて悶えると、腕に寄せられたふたつのふくらみが一緒になって大きく揺れる。快感のおこぼれをみなぎらせた乳頭が、疼《うず》いて熱くなっている。

蜜壺の快感に蕩けていなければ、自分でこね回してしまいたいくらいだ。

それを見逃さなかった蒼真が、両手で乳房を掴み、こね回す。大きく形を変える白いふくらみは、彼の指をくい込ませて痛いくらいなのに、その力強さが気持ちいい。

「そこ……あっ、ああ、そこ、つらい、の……ああんっ！」

そうだと思った。さわってほしそうに揺れていたから。さわってって言ってもよかったの
に」

「あ、ンッ、でも、蒼真さん……わかって、くれるから……ああっ、うンッ」

「わかる」

両の乳首を絞るようにつまみ、蒼真は麻梨乃に身体を寄せて激しく腰を打ちつけた。

「麻梨乃のことなら……なんでも、わかりたい……。俺だけ……」

「うっ、ウンッ……蒼真、さぁ……ああっ、ダメェ……そんな、激しっ……！」

大きく強い動きが、麻梨乃を高揚させる。またもや大きな昂ぶりに呑みこまれる気配を感じ
て、麻梨乃は足を押さえていた手を蒼真の腰に回し指先に力を入れた。

「ダメ……もう……また、イっちゃ……ああっ……！」

「……いい、何度でもイけ……」

ぐりぐりと恥骨を押しつけ、彼の怒張が快感に蕩ける蜜壺を壊しにかかる。

「イけ、と許しをもらった身体が、至上の快楽にしがみつくのはすぐだった。

「やぁぁ……、イ……ク、……イっ……あぁ、そうま、さぁっ──！」

ビクンと大きく震える身体を強く抱きしめ、蒼真が数回強く己を突きこんでくる。苦しげに

うめいた彼は、麻梨乃と一緒に果てた。

「……蒼真さん……」

大きく上下する麻梨乃の胸。重なった蒼真の胸からも、速くなっている鼓動が感じられる。

絶頂の余韻で頭がぼんやりしかかったとき、胎内にある大きな質量が、ずるるっと抜け出る。その感触があまりに異質で、麻梨乃は思わず「ひゃっ！」と声をあげて大きく身体を震わせてしまった。

「あぅ……あぁ……」

切なくうめき、両足を固く閉じる。挿入感が快感を伴うのはわかっていたが、抜け出るときの刺激もそれに負けない。

「イったばかりのくせに、そんな色っぽい声を出すんじゃない」

楽しげに笑った蒼真が、快感に蕩けた麻梨乃にキスをする。唇から頬に這わせ、耳朶を食み、くすぐったそうに囁いた。

「悪い……。すぐに抜かないと、交換しないうちに動いてしまいそうだった……」

「え……？」

交換、とはなんだろう。疑問に思った直後、蒼真が身体を起こしサイドテーブルの小引き出しから避妊具を取り出した。

そして、今まで自分が着けていたものを外して処理すると、新しく装着し直したのである。

「あの……蒼真、さん？」

まさかと思いつつ、麻梨乃は口を開く。

「……また、……するんですか？」

ちょっと口調が呆然としていたかもしれない。それが面白かったのか、蒼真はご機嫌で答える。

「する。足りない」

「そう、ですか……？」

うろたえつつも、そういえば初夜のときも、翌朝になって、ヴァージンですぐに二回戦はつらいだろうから我慢した的なことを言われ、半分寝ぼけているうちに抱かれてしまったのを思いだした。

麻梨乃を横向きにした蒼真が、上になっている足をかかえ彼女の片足を跨《また》ぐ。まだ快感で蕩けている蜜床を新しい衣をまとった切っ先で擦り動かされ、麻梨乃は肩を焦れ動かしながら両手でシーツを握った。

「麻梨乃は、いやか？」

蒼真の先端は蜜口をノックしている。この状態で聞くのは、とんでもなくずるくはないか。

「……蒼真さんが、シたいなら……」

「麻梨乃は？　シたい？」

「……はい」

萎えることを知らないかのような怒張が、ずぶずぶと蜜であふれた海溝を拓き進む。あれだけ感じて蕩けた膣襞が、再びの雄を大歓迎した。

「あぁぁんっ……！」

「イイ反応。最高」

満足そうに口にして、蒼真が腰を振りたてる。大きくグラインドさせながら乳房を掴み揉み崩した。

「あっ、あ、あっ、も、身体……溶けちゃう……ぅ、ぁンッ！」

「溶けていい。溶かしてやる」

「やっ……ダメェ……ぁあん！」

麻梨乃の秘窟を絶え間なく穿ち、蒼真は彼女の頬に唇をつける。

「大丈夫だ……。俺なら、いいんだろ……？」

「ンッ、ぁ、今、それ……ずるぃ……ああっ！」

——そして麻梨乃は、何度も快楽の海に放りこまれたのである。

土日のほとんどを、麻梨乃はベッドで過ごした。

食事もしたし入浴もした。もちろん睡眠もとったが……。

それ以外は、蒼真に抱かれ続けていたような気がする。

本物の〝まりの〟ではないけれど、身代わりでも花嫁として蒼真の寂しさを癒してあげられたら……。

そんな気持ちで彼を求めたが、彼は満足してくれただろうか。

……満足、という点では、逆に麻梨乃のほうが彼に満たされすぎたような気もする。あまりにも連続で恍惚《こうこつ》感を与えられ、数回失神してしまっていた。

――そして、月曜の朝、まだ夢の中にいるような心地の中、麻梨乃は目を覚ます。

昨夜も、失神同然で眠りに落ちたのを思いだした……。

（蒼真さん……タフすぎます……）

身体が大きいぶん体力があるのもわかる。麻梨乃だって体力には自信があるのに……、完敗である。

「あれ……？」

目に映った光景が何気なく声になる。

——蒼真がいないのだ。

ベッドサイドのデジタル時計は午前六時を教えてくれている。だとすれば起きているのかもしれない。麻梨乃はともかく、彼には仕事がある。

シャワーでも使っているのだろうか。なんとなく考えながら、麻梨乃はまだ忘我の海を漕《こ》いでいるかのようにぼんやりとした身体を動かし、ベッドを下りる。

全裸の身体にワンピース型のパジャマを通すと、身体の火照りのせいかパジャマが冷たく感じた。

「朝ごはん……作ってあげなくちゃ……」

その前に自分もシャワーでも浴びたほうがいいかもしれない。もう少しシャキッとしなくては。そんなことを考えながら寝室を出る。

「麻梨乃、起きたのか？　おはよう」

ハツラツとした声をかけられ、麻梨乃は足を止めて目をぱちくりとさせた。蒼真がダイニングテーブルの椅子に座り、新聞を広げている。

「お、おはようございます……蒼真さん……」

近づきながら、麻梨乃はテーブルの上を眺めた。

ランチョンマットが二枚敷かれている。ナイフとフォーク、そしてスープスプーン。蒼真が用意したのだろうか。

「顔洗いがてら、麻梨乃もシャワーを使ってくるといい。そのあいだにピザトーストを焼いておいてやる」

椅子から立ち上がり麻梨乃の前に立った蒼真が、あごをさらってチュッとかわいいキスを唇にくれる。

彼はすでにワイシャツにトラウザーズ姿だ。髪はまだ整えていないようで、拭いきれていない半濡れの髪がラフに流れている。

（あれ……？）

「蒼真さん、ピザトーストって……」

そんな彼の雰囲気が、記憶の底でなにかを揺らがせる。しかしそれを追及する前に、麻梨乃は目の前の疑問を優先してしまった。

「材料があったから用意しておいた。あとは焼くだけだ。ただ、ピザソースがなかったから俺のオリジナルソースだが、美味いことは保障するから安心しろ」

「あの……蒼真さんが作ったんですか……？」

「コーンスープもある。まあ、こっちは缶の濃縮タイプを牛乳でのばしただけだが」

それにしたって、まさか彼がそんなことをしてくれると思っていなかった。

「お料理もできるんですね……。マメな人だな、とは思っていたんですけど……」

失礼だが、意外だった。片づけ上手なだけかと思えば、まさか料理までとは。

蒼真の手が頭にのり、乱れた髪を整えるようにうしろへ梳《す》く。彼がとても穏やかな表情を見せてくれているせいか、麻梨乃はしばし見惚れた。

「……十五くらいのとき……しばらくのあいだ、料理も掃除も、家のことはなんでもやっていた時期がある。……一条寺産業が、倒産の危機に追いこまれたときだ……」

「倒産……？」

あの大企業に、そんな時期があったのだ。蒼真が十五歳なら十八年前だろう。

（……十八年前って……、わたしが……）

ふと、自分の十八年前を思いだしかけて、……意識的にやめる。

あのころのことなど、考えたくもない。

「母はなにもできないくらい憔悴して、父も悩むあまりノイローゼになりかかっていた。危機に瀕してからは家政婦も断っていたから、家のことは、全部俺がやった。一人暮らしになって、その経験が役に立ってる」

ハウスクリーニングが入らなくても、蒼真の部屋が綺麗な理由が納得できた。……恋人などが綺麗にしていたわけではないとわかり、改めてホッとする。

「冷蔵庫の残り物を駆使《くし》して献立《こんだて》を考えるとか、結構得意だな」

「意外すぎて想像できません」

「だから、麻梨乃が最初のころに残り物でコッソリ作っていた常備菜、仕事の合間によくつまみ食いした。懐かしい味がしたな」

「減るのが早いと思ってました……煮付けとか……」

「ニンジンの皮のきんぴら、美味かったな……。あの甘辛さだと日本酒に合いそうだ。また作ってくれ」

「い、いつでも作りますよっ」

家が窮地に陥っていたころの話なんて、蒼真にしてみれば思いだしたくもないのではないだろうか。

それなのに、彼は懐かしむよう、穏やかに話してくれる。

麻梨乃も、蒼真の昔の話が聞けるのは嬉しい。そう思うと、声のトーンが弾んで笑顔が浮かんだ。

「もしかして、バイトっていうのも……」

蒼真が工事現場でアルバイトをしていたという話を思いだす。そんな大変な事情が家にあったなら、彼らしくないと感じたバイトも家のためだったのではないか。

「あのころになると、会社はだいぶ持ち直して頑張っていた。俺がバイト三昧《ざんまい》だったのは、完全に自分の都合だな」

「そうなんですか。でも、倒産の危機を乗り越えるなんて、すごいですね」

「……助けてくれた人がいた。……すべてに見捨てられた中で……その人だけが手を差し伸べてくれた。だから、父も頑張れたんだ」

「恩人ですね。恩に報いるために頑張れるって、素敵です。蒼真さんにもその想いがあるから、社長になってすごく頑張れるんですね」

勝手な憶測《おくそく》でものを言ってしまった部分があるかもしれない。詮索しすぎただろうかと気まずいものを感じるものの、蒼真は優しい目をして麻梨乃を見つめている。

視線を絡めるように彼の双眸に見惚れていると、指先で頬を撫でられた。

「近いうち……その話もしたい。……十八年前のこと……」

「十八年前……」

蒼真が、一条寺家が苦しかったころの話だろうか。蒼真のことを知れるなら麻梨乃は聞きたいが、彼はいやではないだろうか。

麻梨乃は濡れてひたいにかかる蒼真の髪を指先で寄せて、にこりと微笑んだ。

「はい。蒼真さんが、話してくれるなら」

蒼真のことならなんでも知りたい。もし苦しい想いがあるなら、一緒に感じたい。そんな気持ちで口に出す。

刹那、泣きそうにも見えるくらい顔を歪《ゆが》めた蒼真が、そっと麻梨乃を抱きしめた。

「ありがとう……麻梨乃……」

優しいトーンが胸に響く。

嬉しいのと同時に、麻梨乃の中では寂しさも顔を覗かせていた……。


「今日は、金曜の埋め合わせに外食にしよう」

出社前、蒼真がそう提案した。

彼との外出は普通に嬉しいので、すぐに「はい」といい返事をした麻梨乃だったが、蒼真の話はそれで終わりではなかった。

「掃除だの風呂洗いだの、他のことは一切するな。金曜の夜から体力使って、あえぎすぎて声まで嗄《か》れてるんだから、今夜のためにゆっくり休んでおけ。わかったな」

――当たっているだけに……。

素直に「はい」と返事をするしか選択肢はなかった。

蒼真の言いつけどおり昼過ぎまでのんびりして体を休めた麻梨乃は、買い物に出かけることにした。

買い物とはいっても、歩いて五分もないベーカリーにパンを買いに行くだけである。

今朝、蒼真が作ってくれたピザトーストがあまりにも美味《おい》しかったので、明日は麻梨乃がピザトーストを作ってあげようと考えたのだ。

ちょうどパンがなくなっていた。ひとつ信号は渡るものの、マンションの目と鼻の先に建っているようなベーカリーまでなら、出かけても蒼真は許してくれるだろう。

「一条寺さん、お出かけですか？　お気をつけて」

「はい、ありがとうございますー」

エントランスでにこやかなマンションコンシェルジュに声をかけられ、麻梨乃は満面の笑みで応える。

一条寺さん、と呼ばれることにもだいぶ慣れた。以前のように名前を呼ばれてワンテンポ遅れることもない。

――本当にこのまま、一条寺、になれたら……。

そんなことを考えてしまう自分を、もう一人の自分が諌めにかかる。

それを見上げる。

馬鹿なことを考えるな。自分は、新婚を偽装するために連れてこられたんだ——。

エントランスに飾られたクリスマスツリーの前で足を止め、麻梨乃の身丈の倍はあるだろう

「クリスマス……か」

蒼真がくれると言っていたクリスマスプレゼントも気になるが、彼が麻梨乃にねだりたいものとは、いったいなんだろう。

この時期には必須というほど多くなる、恋人とすごすクリスマス、なんていう話題には、一生無縁と思って生きてきたのに。

まさか、好きな人とクリスマスをすごせるなんて日が、自分に訪れるとは思っていなかった。

「あら、奥様、お出かけ？」

おっとりした声が耳に入り、顔を向ける。このマンションに〝奥様〟はたくさんいるが、その声に聞き覚えがあったのだ。

「ごきげんよう」

案の定、にっこり微笑んで近づいてくるのは、お隣の部屋のご夫人だ。

隣、とはいってもドアはかなり離れているが、エレベーターや、それこそ行きつけになりつつあるベーカリーでもよく会うので話をするようになった。

四十代らしいが声が妙にかわいらしい。おっとりとした笑顔に、品のよい奥様感がにじみ出ている。

見ると、夫人の手には麻梨乃が向かおうとしていたベーカリーの袋があった。

「こんにちは。ベーカリーの帰りですか？　わたしも今行こうと思っていたんです」

「あら、ちょうどいいわよ～。限定ブレッドの午後便、さっき焼き上がったばかり」

「本当ですか～？　わー、急いで行かなきゃ」

ぼんやりツリーを眺めている場合ではない。これは急がなくてはならない。張り切った麻梨乃だったが、直後、夫人が珍しく慌てた顔をした。

「待って、それなら、ちょっと気をつけてね」

「どうかしたんですか？」

「今、警備員さんにも言ったのだけど、マンションの近くに気味の悪い男が立っていてね。じーっとマンションのほうを見ているのよ」

「変質者ですか？　あ、でも、この冬に……」

その手の話題は暖かくなる時期によく聞くような気がするだけに、意外だ。……しかし考えてみれば、季節は関係ないだろう。

「別になにをするでもなくただ立っているだけだから、危害はないのかもしれないけれど……。

それでも気味が悪いでしょう？　気をつけてね」

「見ないように走って通りすぎますよ。ありがとうございます」

情報提供にお礼を言って、麻梨乃は急いでマンションを出る。早く行かなくては、人気の限定ブレッドが売り切れてしまう。

その変質者とやらはマンションのほうを見ていたというが、どこに立っていたのだろう。ちょっと気になるが、周囲をきょろきょろ見回してヘタに目が合ってもいやだ。

麻梨乃は特に気にすることもなく、ベーカリーへの道を少々早足で進む。

短い横断歩道をひとつ渡れば、ベーカリーはすぐだ。タイミング悪く赤信号に変わってしまい、麻梨乃は足を止める。

他に信号待ちをしている人影はなく、車の通りもそれほど多くはない。外観にこだわったマンションやお洒落な店が並び、自分がこんな洗練された景色の中にいてもいいのだろうかと迷うくらい。

「麻梨乃……」

……それなので、そう呼びかける声が、どこかけがらわしく感じてしまったのは仕方のないことなのだ。

麻梨乃はこわごわと声がしたほうへ顔を向ける。信号そばの街路樹の陰、……そこに、米倉が立っていた。

「やっと出てきたな。……ここで見ていれば、おまえが出てくると思っていた……」

「見ていれば、って……」

夫人が言っていた変質者とは、彼のことだったのだろうか。地味で目立たないといえば目立たないが、この街並みの中にいると異質なものに見える。

米倉は以前会ったときのようにスーツにコート姿だが、なんとなく少しくたびれているように感じる。目が血走っていて血色が悪い。

「な……なにをしているんですか……？　平日なのに、仕事は……」

「それどころじゃない！」

いきなり声を荒らげられ、麻梨乃は身体を固める。それでも怖いと思わなかったのは、彼の声が怒っているというよりは焦っているトーンだったからだ。

「麻梨乃……おまえ、どういうつもりだ……」

「……なにがですか」

「逃げたはずのおまえが……どうして一条寺と結婚してるんだ……。おまえは、逃げたんだぞ……。おかしいだろう！」

「おかしいって……、別におかしくない。わたしは、あなたたちに利用されるのがいやだから逃げただけ。蒼真さんと結婚したのは、別におかしくない」

「それがおかしいって言ってるんだ。米倉商会はな、今、……一条寺に潰されそうになってんだよ！　知らないとは言わせないぞ！」

「……え？」

意外な話を聞いて、麻梨乃は眉を寄せる。

しかし潰されそうとはいっても、米倉商会の業績はかなり落ちていたはず。それだから麻梨乃を政略結婚の駒に使おうとしたのだ。

おおかた、一条寺産業の業績が安定して好調だから、そのあおりを受けていると言いたいのだろう。

「会社を潰す一番の原因は、あなたの経営に対する考えかたなんじゃないですか。……自分で起《た》ち上げた会社じゃないんだから……愛情なんてないでしょう……。タナボタで手に入れたようなもの……横取りしたって言ったほうがいい？　あなたが欲しかったのは会社じゃない。社長としての地位と報酬でしょう？」

「この……ガキィ……！」

本音だし、真実だ。

意味不明な言いがかりに気が立って口にしてしまったが、それは間違いなく米倉の怒りに火を点けた。

米倉が恐ろしい形相でにじり寄ってくる。これは危険だと察した麻梨乃が後退しようとしたとき、駆け寄ってくる足音が響いた。

「なにをしている！　離れなさい！」

ハッと顔を向けると、顔見知りでよく挨拶をかわすマンションの警備員だ。夫人に言われたことを覚えていて、マンションの周囲を見回り中だったのだろう。

まったく同じではないが、警備員の制服が警官の制服に似ている。米倉は勘違いをしたのかもしれない。焦った表情で警備員と麻梨乃を交互に見て、信号が点滅する横断歩道へ飛び出したのだ。

「二十五日だ！　いや、二十四日までになんとかしろ！　自分だけ助かろうと思うな！」

捨てゼリフを吐いて走っていく米倉が渡りきったとき、信号が赤に変わった。

「大丈夫ですか、一条寺さん！」

駆けつけた警備員が米倉を追おうとしたようだが、改めて横断歩道の向こうを見渡したとき、米倉の姿はもうなかった。

「気づくのが遅れて申し訳ありません。なにかされませんでしたか？」

警備しているマンションの住人に、マンションの目と鼻の先でなにかあったとなれば大問題だ。焦る警備員を安心させるためにも、麻梨乃は平静を保とうと笑みを浮かべる。

そうでもしないと、自分まで動揺してしまいそうだった。

「大丈夫です。わけのわからないことは言われたけど、平気です」

「そうですか。年末ですし、警備はさらに強化しますので。なにか不審なことがあったら、すぐご連絡ください」

「わかりました。ありがとうございます」

――このあと、麻梨乃は警備員に護衛をされながらベーカリーへ行き、明日の朝食用の限定ブレッドを手に入れた。

マンションの部屋へ戻り、ぼんやりと考える……。

米倉は、間違いなくあそこで麻梨乃が出てくるのを待っていた。蒼真と結婚したのだと知れば、所在を調べるのは難しくはなかっただろう。

逃げたことに因縁をつけたかったのではない。

なぜ、一条寺と結婚しているのかを聞きたかったようだ……。

(会社が危ないから……?)

パンをストッカーに容《い》れ、その横に掛けたカレンダーに目を移す。

ベーカリーでもらった来年用のカレンダーだが、今年十二月からの対応になっていたので早々に利用している。

縦長のシンプルなものながら、かわいらしいパンのイラストが散りばめられ、どこかコミカルで見ていて楽しい。

それでも、十二月二十四日と二十五日の欄には、パンではなくケーキのイラストがついている。

米倉は二十四日までになんとかしろと切羽詰まった声で怒鳴っていた。二十五日だ、とも言っていたので、その日になにかがあるのかもしれない。

……なんにしろ……麻梨乃には関係がないことだ。

「……クリスマスなんだから……」

楽しみにしているクリスマスに、不穏な影が落ちる。

麻梨乃はそれを振り払おうとするように首を振り、ピザトースト用の具材を確認すべく、冷蔵庫を開けた。

第四章　真実の花嫁に甘い罠《わな》を

「麻梨乃……」

昂ぶりを隠さない扇情的な声が、麻梨乃の鼓膜を犯す。

聴覚だけではなく蜜窟まで蒼真に支配され、麻梨乃は強くシーツを掴んで快感に身を任せた。

「あぅっ……ウン、そうまぁっ……アぁ……！」

シーツにうつぶせで突っ伏し腰だけを高く上げて、うしろから激しく突きこまれる。そのたびに華奢《きやしや》な身体は大きく揺れて、しっかりシーツを掴んでいないと前に押し出されてしまいそうだ。

「かわいいよ、麻梨乃……、おまえは……本当にかわいい……」

熱に浮かされたように囁き、目の前に突き出される細い腰を両手で掴んで、蒼真は麻梨乃を貫く。肌同士がぶつかる音が大きくなり、絶頂の瞬間が近いことを感じさせた。

「あンッ、ん……もっ、あぁ、もぅ……ダメェ……！」

「イきそう？」

「は……い、んっン、がまん、できなっ……あぁんっ……！」

「わかった……。いいぞ」

ぐりぐりっと雁首の先で媚壁をこね回され、麻梨乃は一瞬にして愉悦の渦《うず》へ引きこまれた。

「あぁぁっ……やっ、ああ――！」

両手を強く握りしめ、麻梨乃は背筋を震わせる。同じように彼女の奥で達した蒼真が、蜜壺の感触を惜しむように細かく腰を揺らした。

「麻梨乃は……最高だ……」

「そうま……さん……ぁっ……」

毎夜抱かれるたびにそう言ってくれるのが嬉しい。たとえそれが、快感の余韻から出る言葉でも……。

恍惚に震える身体を返され、あお向けにされる。蒼真とくちづけをかわしていると、彼が枕の下に忍ばせていた〝おかわり〟の避妊具を手に取ったのがわかった。

「蒼真さん……」

麻梨乃は蒼真の背に腕を回し、キュッと抱きつく。

「少し……このままでいてもいいですか……？」

「ん？　どうした？　いいぞ」

かわいいお願いに蒼真の表情がゆるむ。放っておけば何回でもおかわりをしてしまうような精力旺盛《おうせい》な人だが、決してそれを無理強いはしない。

正面から蒼真に抱きつける安心感に酔う。すると、優しく頭を撫でられた。

「心配事でもあるのか？」

「……いいえ、そういうわけでは……」

「例の件なら心配はいらない。警告はしてある」

「はい……」

麻梨乃は力を入れて蒼真に抱きついた。

例の件とは、米倉が麻梨乃の前に現れたときのことだ。

警備のほうからは、不審者が確認され麻梨乃が声をかけられたと蒼真に報告された。そのあとで、それが米倉であったこと、会社が傾いているから焦っているようだと麻梨乃から伝えたのだ。

それを受けて、蒼真は弁護士を通じて麻梨乃には近づかないよう米倉へ警告したらしい。

無視すれば、今度は警察が介入する。

「麻梨乃……」

彼を心配させたくなくて違うとは言ってしまったが、やはり米倉の件を気にしているとわかるのだろう。

ずっと悩まされ続けてきた親族が目の前に現れ、言いがかりをつけられて気にしないわけがないのだ。

「大丈夫だ」

安心させるように、蒼真は麻梨乃の髪を撫で、頬に唇をつける。

彼がこんなにも自分を心に置いてくれるのが、麻梨乃は嬉しかった。これが、〝妻〟に対する〝夫〟の気遣いを周囲に見せるためのものだとしても……。

こうして、毎日蒼真におかわりをされるほど抱かれていても、彼の本当の妻にはなれない……。

寂しいが、蒼真はまだ〝まりの〟を忘れられないようだ。

書斎で見つけた写真は、今も彼の手元にある。ファイルのあいだからデスクの引き出しに置き場所は移動していたが、相変わらずいつでも取り出せる場所だ。

身体は埋められても、彼の心を満たすことまでは、自分にはできていないのだろう。

「蒼真さん……」

彼の名を呼ぶ。抱きついた身体の温かみを感じる。こんなにも幸せが湧き上がってくるのに……。

(好き……)

切なくて、涙の小川が心の中でだけひっそりと流れる……。

「クリスマスがすぎたら、会ってほしい人がいるんだ」

蒼真にそう切り出された二十四日の朝。麻梨乃はとうとう来たかと固唾《かたず》を呑んだ。ついにこの日が来た。やり過ごせるとは思っていなかったが、こんなにも早く来てしまうなんて……。

「あ、の、蒼真さん……」

おかわりのコーヒーを蒼真の前に置き、麻梨乃は言葉を濁らせる。余裕を持って朝食を終え、二人で食後のコーヒーを飲んでいたところだったのだ。

「わたし……大きなマスクとか着けていたほうがいいですか?」

「マスク?」

眺めていた新聞をダイニングテーブルに置き、蒼真は怪訝《けげん》な顔を麻梨乃に向ける。エプロンの胸当てを両手で握り、麻梨乃は真剣だ。

「風邪をひいたって言えば、なんとかごまかせる気がするんです。マスクで顔が半分隠れるし。声が違っても喉のせいにできるし。目でバレそうなら片方に眼帯でもして……」

「待て待て待て、なんのことを言っているんだ？　どうしてそんなこと……」

「だって、ご両親に会うんですよね？」

「両親……」

「ご両親は、ごまかせないと思います。花嫁さんの顔は知っているでしょうし」

蒼真の両親は外国へ行っていると聞いた。年末まで帰ってこないという話だったので、クリスマスをすぎたら返ってくるのだろう。

結婚式の出席者、食事会の親族、マンションのコンシェルジュや警備員。そして住人。誰一人として、麻梨乃を蒼真の妻だと信じて疑っていない。

今のところ、完璧に新婚を偽装できている。

しかし、さすがに両親は無理だろう。仮にも息子の結婚相手だ。顔くらいは知っているのではないか。

「安心しろ。両親じゃない」

蒼真はコーヒーカップを手に取り、困ったように笑って麻梨乃を見る。

「それに、仮に両親でもそんなに慌てることはない。マスクで変装なんかしなくていい」

「どうしてですか……、顔が違ったら……」

「両親自体、まりのと会ったことがない。だから、心配はいらない」

「会ったことが……ない？」

なんだか不思議な話だ。蒼真は両親にも会わせないまま、〝まりの〟と結婚しようとしていたのだろうか。

（……彼女に、嫌われてたからかな……）

言いかたは悪いが、蒼真が無理やり結婚しようとしていたようなものだ。あんなに反感を買われていては、両親に会わせることなどできなかっただろう。

（でも……）

麻梨乃はコーヒーカップに口をつける蒼真を、ジッと見つめる。

（〝まりの〟さんは、どうしてそんなに蒼真さんを嫌っていたんだろう）

……蒼真は、優しい人だ。

男らしくて、頼もしくて、思いやりがあって。身代わりの麻梨乃を、身代わりとは思えないほど愛してくれる。

「両親が帰ってくるのは年が明けてからになる。麻梨乃のことを話したら、物凄《ものすご》く喜んでいた。予定をできるだけ早く終わらせて帰ってきたいと言っていた」

「そうなんですか……」

「麻梨乃にとても会いたがっている。父は早く日本に戻ると張り切っているし、母は俺が麻梨乃と結婚したと聞いて、感動して電話口で泣いていたくらいだ」

「泣いて……」

麻梨乃はいささか呆然とする。両親がこれほどに反応するなんて……。

「蒼真さん……」

「ん？」

「蒼真さんは……よっぽど結婚のことでご両親を悩ませた、困ったお坊ちゃんだったんですね」

言いかたがおかしかったのか、蒼真がコーヒーを噴き出しかかる。しかし咄嗟に抑えたせいで変なところに入ったのか、ちょっとむせた。

そんな彼をよそに、麻梨乃は握りこぶしを固める。

「わかりました。結婚問題を焦らして困らせ続けた息子の結婚を喜ぶご両親のためにも、わたし、完璧にお嫁さんを演じてみせますよっ。どこから見ても『この子が息子のお嫁さんなんだ』って思っていただけるよう、やりきってみせますともっ」

そうだ、自分は新婚を偽装するためにここにいるのだから、どこから見ても〝新婚夫婦〟を心掛けなくては。

……そこには少し切なさも混じるが……自分の胸に秘めておけばいいだけの話だ。

「麻梨乃……」

椅子から立ち上がった蒼真が麻梨乃を抱きしめる。頭をポンポンと叩き、クスリと笑った。

「張り切ってくれるのはありがたいが、今回は両親じゃないからそんなに構えなくてもいい。……でも、会っておいてもらわなくてはないんだ」

「蒼真さんが大切にしている人ですか?」

「そうだな、大切だ」

「わかりました」

麻梨乃は蒼真の背中に腕を回し、キュッと抱きつく。

「蒼真さんにとって大切なら、わたしにとっても大切です」

「麻梨乃……」

蒼真が嬉しそうに麻梨乃を抱く腕に力をこめる。頭に頬擦《ほおず》りをして、ハアッと感慨深げな息を吐いた。

「あ~、麻梨乃がかわいくて仕事に行きたくない」

「なんですか、それっ。サボる理由に使わないでください」

笑いながら言うものの、麻梨乃も抱きつく腕を離さない。

「数日中には会わせる。向こうも、早く麻梨乃に会って話がしいたいと言っていた」

「どなたでしょう？　楽しみにしています」

「それを楽しみにするのもいいけど、その前に二人ですごすクリスマスもあるんだから、そっちも楽しみにしておいてくれ。俺は楽しみで堪らなくて走り出しそうだ」

「体力ありすぎですよ～」

毎晩あんなに体力使ってるのに……と、からかいそうになった自分を寸前で抑える。……こんな言葉が出そうになることが、少し恥ずかしい。

一緒に笑いながら、ふと、今日が二十四日であることを意識した。

蒼真と二人のクリスマスをすごすのは明日の二十五日。イブである今日は普通に過ごすのだが……。

——二十五日だ！　いや、二十四日までになんとかしろ！

思いだしたくない、いやな声が頭によみがえる。

米倉は、なにを思ってこの日を指定したのだろう。それとも意味なんてないのだろうか。

「本当に会社に行きたくなくなった」

「駄目ですよ、社長っ」

身体を離しポンポンと蒼真の胸を叩く。「ちゃんと行ってくれるように、鞄《かばん》取ってきますからね」と、おどけて書斎へ走った。

書斎へ入り、彼のデスクの上にあった鞄を手に取る。ふと一段目の引き出しに視線がいくが、切なくなりかかる自分を振り切って目をそらした。

あそこには、〝まりの〟の写真が入れられている。

蒼真が彼女に想いを馳《は》せるために、大切にしている写真だ。

――いつもは玄関で蒼真の出社を見送るが、今朝は一緒にエントランスまで下りた。

蒼真にはエントランスのクリスマスツリーが見たいからと言ったが、朝から切ないことを考えてしまったせいもあって少しでも長く彼といたかったのだ。

「おはようございます、一条寺さん。今朝はおそろいでお出かけですか？」

コンシェルジュの男性から声をかけられ、二人一緒に「おはようございます」と反応する。

「妻がエントランスのツリーが見たいと言って一緒に下りたのですよ。妻はこのツリーが好きで。今日明日には片づけられてしまうでしょうから」

ツリーが好きなのは本当だが、彼に「妻」と呼ばれて話をされるのが照れくさくて、とても嬉しい。

麻梨乃が蒼真の言葉にうんうんとうなずくと、コンシェルジュは嬉しそうな笑顔を見せた。

「光栄です。これは来年も張り切って飾りつけをしなくてはなりませんね」

——来年も……。

ラウンジから住人に呼ばれ、コンシェルジュが一礼して歩いて行く。ツリーを見上げて、麻梨乃は眉を下げた。

来年も、見られるのだろうか……。

「蒼真君」

考えたくはない可能性を思い浮かべた麻梨乃の耳に、聞き慣れない女性の声が入りこむ。なぜかその声は蒼真を親しげに呼んだ。

麻梨乃は声がしたほうではなく、隣に立つ蒼真を見た。彼はわずかに目を見開き、エントランスの出入口へ顔を向けている。

そして、早足で視線の先へ歩を進めたのだ。

「どうしたんだ、いきなり。驚いた」

明るく張り切った声だ。見たくないと騒ぐ胸に反して、麻梨乃は彼が向かう先に目を向け……その目を見開いた。

一人の女性が立っている。

白いコートに映える赤い口紅。色白の頬にブラウン系のウェーブヘアが揺れていた。蒼真を見て微笑みを浮かべるこの女性を、麻梨乃は知っている。

「……どうして……」

思わず声が出た。

――彼女は、麻梨乃が逃がした、蒼真の花嫁だ。

「ちょうど出社の時間かなと思って。近くまで来たから寄ってみたの」

「そうか、さすがに俺の出社時間は覚えていたか」

「当然よ。毎朝時間どおりでまったくの手いらずだもの。少しでも遅れてくれれば怒鳴りつけてやるのに」

「相変わらず、ひどいな」

二人は楽しそうに話し、笑い合う。麻梨乃は一瞬、自分が逃がした女性とは別人かと錯覚した。

麻梨乃が逃がした女性は蒼真をいやがっていた。こんなに親しげに話をするはずがない。

呆然と見ていると、女性が麻梨乃に気づき近づいてきた。

「ごきげんよう、麻梨乃さん。ホテルではお世話になりました」

「え……あ、こんにちは……」

痛いくらいドキッと鼓動が跳ねた。ホテルでは、ということは、やはりこの女性で間違いなのだろう。

「蒼真君に、そろそろ会わせてって何度も言っていたんだけど、なかなか私のほうも都合がつかなくて……。本当はクリスマスのあとに、って話をしていたの」

「クリスマスのあと……」

ということは、蒼真が会わせたいと言っていたのは彼女のことか。

（どうして……逃げたはずの彼女が……）

それも蒼真と仲がよさげだ。ホテルから逃げるときは、あんなにいやがっていたのに。

「あの……あなたは……」

麻梨乃は事情を聞きたかった。逃がしてくれと必死に懇願《こんがん》した彼女が、こんなにも蒼真と親しげにできる理由がわからない。

「ああ、そうよね、ごめんなさい」

すると彼女はなにかを思いついたように照れ笑いをし、右手を差し出す。

「一条寺まりの、です。同じ名前になっちゃってごめんなさい。よろしく」

エントランスは温かいのに吸いこむ空気が冷たく感じて、麻梨乃は息を止める。

一条寺……。そうだ、彼女は本物の花嫁なのだから蒼真と入籍している。一条寺と名乗って、間違いのない人だ。

差し出された手は握手を求められているのだろう。麻梨乃が拒む理由はない。ここで跳ねのけたら、ただの我が儘《まま》な嫉妬だ。

麻梨乃は握手に応じ、名乗った。

「……米倉、麻梨乃です。……別に、まりのさんが謝る必要はないです……」

偽装をしている手前、麻梨乃を蒼真の妻だと思っている人に聞かれたら大変だ。麻梨乃は苗字を小声で口にする。するとまりのが「え？」と怪訝な顔で蒼真を見た。

蒼真が苦笑いをする。まりのが小さなため息をつき、かすかに彼を睨んだ……。

「麻梨乃さん、お話ししたいことがあるのだけど、お時間いただける？」

「え……？」

ドキリ、というより、ビクッとしたというほうが正しい。話、彼女からの話とはなんだ。

――蒼真を返してくれ、あなたの役目は終わった、とでも言われるのだろうか。

「あ、違うのよ、今すぐってことじゃないの。私も用事のついでに寄ってみただけだし。……お昼過ぎとかどう？　お忙しいかしら？」

どうやら彼女は、麻梨乃に用事があって返事に困っていると思ったようだ。握手の手を離して、取り繕うようにその手と首を振った。

彼女と、なにを話せというのだろう。

麻梨乃が聞きたいとすれば、一緒に逃げた恋人はどうしたのかということ。どうしてそんなに蒼真と親しげなのか。そして……。

入籍までしているのなら、逃げても仕方がなかったのではないかということ……。

「いえ、あの、いいですよ。大丈夫です。クリスマスだし、どうせならケーキも用意して……、あ、でも、ケーキより、近くに美味しいベーカリーがあって、クリスマス商品がかわいいんです。限定品のクリームアップルパイ、すっごく美味しいから、用意しておきます」

言葉の途中で迷わないよう、麻梨乃は一気に言葉を出す。彼女も話にのって笑顔を見せた。

「本当？　アップルパイ大好きよ、嬉しい。それじゃあ私、それに合いそうなデザートワインでも持ってくるわ。きゃー、クリスマスに同年代の女の子とワイン飲んでお話するなんて、何年ぶりかしら、楽しみー」

「おい、あまり飲ませるなよ？　……それに、なにが同年代だ、麻梨乃は二十三だ。おまえはもうすぐ三十だろう」

「同じ、二十代よっ」

すっかりその気になってはしゃぐ彼女に、蒼真が注意を入れる。麻梨乃をチラッと見て心配そうに眉を寄せた。

「……クリスマスのあとと言っていたから……、そのときに話そうと思っていたんだ……。例の予定も、明日だったから……」

「蒼真君に任せておいたら、回りくどくて堪らないわ。それに私だって、麻梨乃さんとお話がしたい。……お礼も、たくさん言いたい。……どんなに言ったたって、……足りない」

彼女の声は、最後のほうでかすかに泣き声に変わる。お礼というのは、麻梨乃が結婚式から逃がしたことだろうか。

恋人と逃がしてあげたことを感謝してくれるのは嬉しい。……けれど、泣きそうになって感謝するくらい蒼真から逃げたかったのなら、どうして今さら帰ってきたのだろう。

(話って……なに……？)

麻梨乃の中に、不安とともに怒りにも似たものが湧き上がってきた。

いまさら戻ってきて、なんだというのだろう。蒼真を返してくれとでもいうつもりなのだろうか……。

「麻梨乃」

蒼真に話しかけられてハッとする。なんとなくピリピリしている自分を感じ、麻梨乃は取り繕うように笑顔を見せる。

「蒼真さん、ほら、会社に行かなくちゃ」

「ああ、そうだな。……帰ってきたら、いろいろ話そう」

「はい……」

ドキドキするというより、心臓がビクビクしておびえているような気がする。

体内を流れる血液が冷たくなって、身体も心も凍えてしまいそうだ……。

十四時に彼女の訪問を受ける約束をして、エントランスで蒼真を見送り、麻梨乃は部屋へ戻った。

お客様が来るのだから軽く掃除をしておこうか。そうは思うものの、リビングの中央に立ったままの身体が動かない。

お客様……。違う……。

この部屋にいるべきは、彼女のほうではないか。

彼女がやってくる。なんの話をされるのだろう。おそらく、ホテルから逃がしたあとの話をされて……。

恋人はどうしたのだろう。別れたのだろうか。

それだから蒼真のもとへ戻ってきた。入籍までしていたなら、当然だ。

当たり前のように蒼真は受け入れるだろう。彼女の写真を大切にして、想いを募らせていたのだ。拒むわけがない。

——彼女が戻ってきたら……麻梨乃は……。

「……いやっ！」

頭が考えをまとめる前に、声が出た。両手で腕を抱き、キュッと身を縮める。

「わたしは……」

もう、蒼真のそばにはいられない――。

ぐらり……と、大きな眩暈を感じた。重力がなくなってしまったかのような浮遊感。気がつくと、その場に崩れ、座りこんでいた。

――偽装した新婚が、終わる。

いつかは終わると覚悟していたのに、その覚悟がなんの役にも立たない。

「……蒼真、さん……」

蒼真にも終わりを宣言されるのだろうか。もしやクリスマスプレゼントとは、ここから出たあとのサポートなのではないか。

部屋なり、仕事なり、偽装妻をやらせるために麻梨乃から取ってしまったものを、新しくして返してくれるつもりなのでは……。

彼を失うと意識した身体が疼く。彼の愛撫を思いだすように体温が上がっていく。

麻梨乃は泣き叫び暴れ出しそうな身体を抱きしめ、抑えるのに精一杯で、決壊した涙腺を止めることができなかった。

泣いたって暴れたって、そのときは来る。

偽装花嫁を引き受けたときから、偽装に必要な期間だけの我慢なのだと、自分でわかっていたはずだ。

今ではすっかり、我慢、ではなくなっているが、偽りである限り、本物が現れた今、身を引かなくてはならないのは当然のこと。

「絶体絶命……とはいわないか……」

冷たい雨がこぼれ落ちる空を見上げ、麻梨乃は傘の持ち手を握る。

正午をすぎてベーカリーにクリームアップルパイを買いに出ようとしたとき、小雨が降っていることに気づいた。

マンションからベーカリーまでの道のり。唯一の信号前に立ち、小さく息を吐く。

この状態は、ある意味、心の絶体絶命かもしれない。蒼真のもとを離れれば、心は崖っぷちでふらふらするに違いない。

それでも、この歳になれば自分で生きる方向を選択できる。幼いころのように、ただ泣くことしかできなくて、なにもかもを失うわけじゃない。

「……あのときも、こんな雨が降ってたっけ……」

横断歩道を歩きながらひとりごちる。呟くだけで、なんとなく脳裏に浮かんでくる。

幼いころ……すべてを失った日。あの日も、雨が降っていた。

――大丈夫だよ……。

ぼんやりと頭に浮かんだものに驚き、麻梨乃は足を止める。渡りきった所で止まったのはちょうどよかった。すぐに信号が変わったようで、信号待ちをしていた車が水しぶきを上げて走り出した。

「……あのとき……」

冷たい雨。……降りしきる雨。……小さな自分が、全身ずぶ濡れになったのを覚えている。

両親が亡くなり、すべてを失った……。五歳のときの記憶……。

あまりにも幼すぎて、物心ついたときもハッキリと覚えているわけではなかった。思いだそうとすれば思いだせたのかもしれないが、所詮いい思い出ではない。

そんなものを心に残しておいても、つらいだけだ。両親のことは覚えていても、すべてを失った日のことなど忘れてしまえ。

そう思って、生きてきた……。

――大丈夫だよ……。

雨の中、そう言って頬にキスをしてくれた人がいる。

こんな、冷たい雨の中で。

あれは、……誰だった――？

雨が記憶を連れてくる。黒い服を着た人。お金の話ばかりをしていた大人たちよりは若かった。ただ一人、傘をさしかけてくれた人。

まるでカードをめくるように、頭の中のシーンがコマ送りになる。泣くのにも疲れた麻梨乃に声をかけてくれた、あの人は……。

――大丈夫だよ……。

（……あれは……）

記憶が、ありえない人の顔を当てはめる。

そんなはずはない。きっと彼のことばかりを考えているから、記憶の残像にまで当てはめようとしてしまうのだ。

背後で車が停《と》まる気配がした。信号が赤になったのだろう。しかしふくらはぎに雨が跳ね上がるのを感じ、停まった車が真後ろにいることを悟る。

真後ろは、横断歩道のはずなのに。

そう思った瞬間、車のドアが大きく開く。いきなりうしろへ引っ張られ、麻梨乃は体勢を崩した。

「きゃ……ぁっ！」

中途半端な悲鳴とともに傘から手が離れ、車の中へ引きこまれる。半分転倒するように、ドアが開けられていた後部座席に膝をついた。

それでも、すぐに起き上がれば車から飛び出せたかもしれない。それをできなかったのは……。

「逃げようとか、考えるなよ」

落ちくぼんだ目を血走らせた米倉が、麻梨乃の鼻先にカッターナイフを突きつけていたからだ。

工作に使うような小さなものではない。固く厚いものを切るときに使う工具カッターだ。麻梨乃は後部座席の椅子と床に膝と手をつき、長く出された刃先を下げた視線で見たまま動けない。

「座れ」

動きに合わせてずらされていく刃先に触れないよう、ゆっくりと座席に腰を下ろす。身を乗り出した米倉がドアを閉め、刃先を麻梨乃に向けたまま「行け！」と運転席に向かって怒鳴る。

「ひゃっ……ひゃぃっ……！」

運転席に座っている男が大きく身体を震わせる。返事がおかしいのはおびえているからのようだ。まるで運転を始めて間もない初心者のように、両手でハンドルを握って身体を固めている。

そのせいか、エンジンがギュゥンッと音をたて、ワンテンポ遅れて急発進した。

自分の身になにが起こっているのか、麻梨乃は理解に苦しむ。ただひとつ、なによりもわかるのは、自分にナイフを突きつけている米倉が、怒りと焦りの塊になっているということだ。

「……どういうことだぁ……まりのぉ……。今日までになんとかしろって言っただろうがよぉ……」

恨み言を呟くように、米倉は語尾を伸ばす。おぞましいほどに血走った目。それが食い殺さんばかりの不気味さで麻梨乃を睨みつける。

「なにが……ですか……。だいたい、意味がわからな……」

「ふざけるな！　おまえがわからないわけがないだろう！」

怒鳴り声に驚いたのは麻梨乃だけではなく、運転していた男も驚いたようだ。「ひぃっ！」と声をあげ、ハンドルを不必要に動かし車が蛇行《だこう》した。

「運転もまともにできないのか、クズが！　クビにするぞ！」

「す、すみませんっ！」

怒鳴られた男は泣き声だ。三十代くらいだろうか。クビと言われていたということは社員なのだろう。どういう事情なのかは知らないが、運転手をさせられて拉致《らち》の片棒を担がされたようだ。

「クビ……っていっても、会社がなくなるんじゃ……どうしようもないけどな……」

憎々しげに吐き捨て、米倉はカッターナイフの刃を麻梨乃の頬に押しつけた。

「おまえがもっと早くに旦那に媚びてくれりゃ……こんなことにならなかったのに……」

「そ、そんなこと急にしたって……、だいいち、米倉商会はだいぶ前から駄目だったし、今になってわたしが媚びて、どうなったたっていうの……」

「今年すぐにならなんとかなった！　だからおまえを……一条寺と結婚させようとしたんだ！」

麻梨乃は大きく目を見開いた。――とんでもないことを知ってしまった……。

「おまえが一条寺と結婚すれば、会社は支援を受けられるはずだった。おまえが逃げたおかげで話は潰れて……。それがどうだ、今になってちゃっかり結婚してやがる！　支援の話は一切抜きで……こんな話があるか！」

驚きが止まらない。自分を見捨てた一族に利用されるのがいやで、麻梨乃は逃げただけだった。

しかし、麻梨乃に用意されていた政略結婚の相手は……。蒼真だったのだ。

（そんな……、そんなこと、いまさら……）

勧められるままに結婚していたら、どうなっていただろう。

蒼真は今のように麻梨乃を求めて、優しくしてくれていただろうか。たとえ政略結婚の駒だったとしても、幸せな結婚生活を送れていただろうか。

シートに置いた手をグッと握りしめる。斜め掛けにしている小さなバッグの中でスマホが鳴っている気配がするが、当然出られるはずがない。

まりのからの電話かもしれない。そろそろマンションへ来る時間だ。留守なのでおかしいと思って電話をかけてきたのかも。

（……蒼真さんが……好きな人）

もし、政略結婚で蒼真と本物の夫婦になっていたとしても、……おそらく、今のように優しくされることはなかっただろう。

蒼真は、彼女が好きなのだ。恋人から奪って入籍してしまうほど。そんなに好きな人がいるのに、麻梨乃と結婚したって彼が優しくなんてしてくれるはずがない。

今の彼が優しいのは、麻梨乃が身代わりだからだ。新婚を偽装しておかなくてはならないから。

本物の〝まりの〟がいない寂しさを、紛らわすため……。

けれど、彼のまりのは帰ってきた。

いくら恋人と逃げたって、入籍されてしまっていてはどうしようもできない。諦めたのか、それとも、一条寺産業の社長と結婚しておいたほうが幸せだと思い直したのか。

一度は逃げた花嫁だが、蒼真は受け入れるだろう。

彼は、まりのを忘れていない。

受け入れて、そして、麻梨乃は……。

「無理……」

小さく呟き、麻梨乃はわずかに視線を上げて米倉を見る。

「……わたしが言ったって、……蒼真さんは、あなたたちを助けない……」

所詮は偽装妻。本物が現れた今、彼の心は、麻梨乃にはない。

「もう、終わりなの」

彼と偽装した蜜月は終わる。

すべて、なかったことになる。

「終わるのはおまえが悪いんだろう！　責任とって頼めよ、旦那に！　なんでもしますからお願いします、って頭下げろ！　あの坊ちゃん社長にその力がないなら、決裁権持ってる重役とヤって抱きこめ！」

終わりといった言葉を、米倉は会社が終わりだと言われたと思ったのだろう。下品なセリフで表情を引き攣らせて、馬鹿にするように麻梨乃を覗きこむ。

ガクンと大きくひと揺れして車が停まった。

「つ……着きました……」

運転手の男が言葉を震わせる。米倉が痛いくらいに麻梨乃の腕を掴みドアを開けた。

「しゃ……社長っ……僕は……！」

「おまえはそこで待っていろ！　動いたらクビにするぞ！」

男はすぐにでも立ち去りたかったのかもしれない。しかし二言目には「クビ」と言われるので言葉をつぐんでしまった。

それでも、麻梨乃が引きずり出されている最中に、我慢できなくなったのか口を出す。

「こ、これで、いいんですよね……！　会社……、なくなりませんよね⁉　僕……僕、春には子どもが生まれるし……！」

男の話を聞くことなく、まるで耳に残らない街頭演説を無視するかのようにドアが閉まる。米倉は無言で麻梨乃の腕を引き、早足で歩いた。

車が停まったのは、長細い箱のような素っ気ないビルの横だ。同じく素っ気ない看板にビジネスホテルと書いてあったように思うが、出入口が小さく、ロビーや目立ったフロントもない。ごく小さな小窓にフロントと書かれたプレートがかかっていて、ガラスを叩くと鍵を渡す手だけが見えた。

咄嗟に普通のビジネスホテルではないと感じるが、掴まれた腕を振りほどこうにもねじるように掴まれていて、それだけでも痛い。

「放して……、どうしてこんな所……」

うるさいとばかりに思い切り引っ張られ、腕の痛みとともに反動で足が出る。短い廊下の奥にあったドアを開けたと同時に、中へ突き飛ばされた。

「旦那に頼む気になるまで、ここにいろ！」

突き飛ばされた勢いで両手をついたのは簡素なベッドだ。手を離して室内を見回すと、飾り気のない室内にベッドと簡単なテーブルがあるだけの仕様。

同じく狭くて物がなくても、麻梨乃が以前住んでいた従業員用アパートのほうが何倍も立派に見える。

「も、もう一度言うけど、わたしが電話したって無駄なの……。あの人は、わたしが言うことなんて……」

「前に見たときはずいぶんと仲よさそうだったのに、もう飽きられたのか？　だったら他の役員に頼め！　男をタラシこむなんてお手のモンだろう！」

「そんなことができるわけないでしょう！　人をなんだと思って……！」

「どうせ施設でも男の職員に媚び売りまくってたんだろう！　大学まで出してもらって、ずいぶんと優遇されていたみたいじゃないか！　若いカラダがよっぽど気に入ってもらえたんだな！」

「ふ……ふざけないで！　どれだけ馬鹿にすれば気が済むのよ！　だいたい、大学まで行けたのは、……あなたが体裁のために施設に寄付をしていたからでしょう！　どうせ、横取りした遺産だろうけど……」

米倉は麻梨乃が身体を使い、女を武器にして強《したた》かに生きてきたという考えを変えない。おまけにお世話になった施設の悪口まで言われて、頭に血がのぼった。怒り心頭に発するとはこのことかと実感する。

「はあ？　なに言ってんだ、おまえなんかにビタ一文使ったことはない。施設でのたれ死んでくれりゃいいと思ってたのに、のうのうと男タラシこんで生き延びやがって！」

とんでもない暴言を吐かれたというのに、麻梨乃は言葉を返せなかった。

(寄付はしてない……？　じゃあ、誰が……)

誰が……半年に一度の施設への寄附と、麻梨乃が大学へ行く援助をしてくれていたというのだろう。

麻梨乃はてっきり、米倉が自分の体裁を保つためにやっているのだと思っていた。亡くなった兄、会社をいきなり手に入れた弟。まったく実績のない人間がいきなり社長になったのだから反感を持つものだっていただろう。

そんな反感を少しでも減らすためにも、亡くなった兄の娘が不自由なく過ごせるよう、援助しているという形だけでも作っているのだと思っていたのに。

しかし……、考えてみればこの男が、無駄な金を使うはずもない。

施設へ入れてしまえば終わり。長いこと、この男の中に麻梨乃の存在はなかった。

死んだも同然と思われていたに違いない。しかし死んだと思っている娘は生きている。まだ生きている。それなら会社のための生贄にちょうどいい。

それくらいの気持ちだった……。

（誰が……わたしを……）

大きな疑問が胸に渦巻いた。しかしそれは、米倉がにじり寄ってきたのを見て中断される。

後退しようとするがうしろにはベッドがある。すぐ足にぶつかり、麻梨乃は米倉を避けるように横へ移動した。

「言うことを聞かないなら……聞いてもらえばいいんだ……。脅してでも」

「脅すって……あの人を？」

「なんだかんだいっても、おまえは一条寺の妻だ。……妻の不貞発覚は、社長としても困るだろう……」

「不貞……」

もしや施設で麻梨乃が男性職員を手玉に取っていた、という話にしたいのだろうか。そんな事実はない。探したって出てこない。

米倉がスーツの上着を脱いで手に握る。冷や汗なのか怒りで興奮しているのか、顔や髪は汗で湿っていた。結び目が不恰好になっているネクタイは曲がり、シャツもヨレている。

会社の危機にどれだけ焦っていたのだろうかとは思うが、ここまでになる前に自分たちでなんとかしようとしなかった、いわば自業自得ではないか。

麻梨乃を利用しようと考える前に、会社を立て直そうと奔走すればよかっただけの話なのに。

「不貞の事実なんかない……。それなのにどうやって脅すの……。馬鹿なことばかり言わないで」

こんな男に、長々と父の会社をいいように扱われ、壊された。それが悔しい。

ここまで運転していたのは社員か秘書だとは思うが、ことあるごとにクビのひと言で脅して。誰にでもあんなやりかただったのだろうか。

春には子どもが産まれると言っていた。それなのに倒産の危機に陥り、悩む彼を上手く利用したに違いない。女を一人説得する手伝いをすれば、会社は助かると。

（こんな男に……）

十八年前、自分はあまりにも幼くて、なにもできなかった。

奪われるだけ奪われて、なにも残らなかったから、仕方がなかった。

悪夢のような出来事を忘れたくて、思いださないよう、記憶の底に押しこめた。

五歳の記憶。両親が他界したあと、施設に入るまでのすべてを……。

悔しい……。つらい……。悲しい……。そんな単語しかなかった。

思いだしたって、頭の中にはその単語しか出てこない。

だから……忘れたかった……。

すべてを奪われた悔しさ。両親がいなくなった悲しさ。それなのに、自分だけが生きていかなくてはならない、つらさ。——手を差し伸べてもらえない、恨み……。

五歳の麻梨乃が、そのすべてを背負うのは無理だったのだ。

小さな身体に詰めこんでしまえば、彼女は狂ってしまう。

——だから、忘れた……。

けれど、ひとつ。

真っ黒なヘドロのような記憶の中に、綺麗な雨が降り注ぐ部分がある。

全身を濡らす冷たい雨。なのに……それはとても温かい。

――大丈夫だよ……。

そう囁いてくれた、優しい声。頬にあたる、温かな唇。

最後に残った大切な物をその人に渡し、麻梨乃は記憶を閉じたのだ。

母が得意なレース編みで作ってくれた、水色のリボン。

それだけは、奪われたくなくて……。

あのときもらった優しさがあったから、麻梨乃は狂わずにいられた。

（あの人は……）

米倉に連れ去られる前、雨の中で思いだしかけた顔……。

あまりの愛《いと》しさに、思い出の人を蒼真の影と重ねてしまった自分が、ありえないほど憐《あわ》れだと思う――。

「ないなら……作ればいい！」

上ずった醜悪《しゅうあく》な声が麻梨乃の思考を断ち切る。

両肩を掴まれ、抵抗する間もなくベッドに押し倒された。声を出そうとした瞬間、米倉が持っていたスーツの上着を顔にかぶせられ上から口を押さえられる。

「事実がないなら作ってやる！　不貞自体をネタに脅すより、おまえが男の下でヨがってる顔でもチラつかせて、これをばらまくぞって脅すか！　たとえ飽きられていたって、自分や会社の名前に傷がつくと思えば坊ちゃん社長も動くだろ！　パパからもらった大事な大事な会社だからな！」

「ンッー！」

麻梨乃は怒りを表すように喉で叫び、両手を夢中で動かした。

蒼真を馬鹿にされたのが悔しかった。

こんな男に。なんの苦労もなく兄の会社を乗っ取って、のうのうと暮らしていた男に、倒産の危機を乗り越えて頑張ってきた一条寺を……。

あんな温かい親族がいる一条寺家を、馬鹿にされたくない。

馬乗りになられているらしく、身体を動かすことができない。飛び跳ねるように足を跳ねさせるとベッドが壊れそうな勢いで軋《きし》む。

がむしゃらに動かす手は米倉の腕を叩き、圧し掛かってこようとする身体を押した。

そのとき、——ドアに大きな激突音がした。

顔を覆うように上着をかけられてしまったので麻梨乃にはなにがなんだかわからなかったが、その音は部屋のドアで響いているらしい。

もう一度同じ音がして、米倉の力が弱まったのだ。

さらにまた同じ激突音。直後、壊れたのではないかと思うくらい激しい音がしてドアが開き、それと同時に麻梨乃が米倉を突き飛ばした。

「な……なんだ⁉」

麻梨乃に突き飛ばされたことより、米倉は施錠されていたドアが開いたことに驚いている。

「うわぁっ‼」

米倉の叫び声。顔にかかっていた上着を取った瞬間、麻梨乃の目に映ったのは、米倉をベッドから引きずりおろして床に叩きつける蒼真の姿だった。

「蒼真さ……！」

身体を起こすと、蒼真が麻梨乃を見る。彼は麻梨乃を庇《かば》うように彼女の前に立ち、米倉を睨みつけた。

「――米倉さん、買収契約を結束しました」

叩きつけられた身体を起こしかかっていた米倉の顔が浮き、大きく目を見開く。蒼真は初めて麻梨乃が見たときと同じくらい厳しい表情をしているが、声は怖いくらいに冷静だ。

「米倉商会は、我が、一条寺産業の傘下に入ります。もちろん、あなたは社長を解任、重役、役員、すべて総入れ替えです」

米倉は動けない。落ちくぼんだ目が飛び出してきそうなほど大きく見開かれ、冷や汗が顔を伝っていく。

廊下に慌ただしい足音が聞こえた。麻梨乃が目を向けると、出入り口のドアが中途半端に開いている。

ドアノブが落ちているのが見えた。その周辺がひしゃげていることや直前の大きな激突音を考えれば、おそらくドアを開けるために鍵の周辺をなにかで何度も叩いて壊したのだろう。

足音の主は、三人の警官と蒼真の秘書だった。

「その男が、社長の奥様を誘拐した犯人です」

秘書の言葉で、米倉が警官二人に挟まれ引き上げられる。よろよろと立ち上がる姿を見ながら蒼真が口を開いた。

「十八年前の報いは、受けてもらう。――俺の大切なものを傷つけ続けた……大罪だ」

声が出せないどころか、米倉は身体が固まって動けない。二人の警官に引きずられて出て行った。残った年配の警官が麻梨乃を気にしたが、秘書に「あとはのちほど、弁護士のほうから」と言われ引き下がる。

「米倉に関しては、十八年前のことを重点的に調べ直してくれと弁護士に伝えておいてくれ。特に……」

蒼真が麻梨乃に目を向け、優しく微笑む。

「……この子に渡るはずだった権利関係、遺産すべてだ。米倉の親族すべてから、取り返せるものはすべて取り返せ。——会社は、今日、俺が取り返した」

胸が詰まる。ぶわっと、麻梨乃の瞳に涙が浮かんだ。

秘書は「承知いたしました」と答え、そのまま部屋を出て行く。

室内には蒼真と麻梨乃だけが残された。

絡まる視線が離れない。蒼真を見つめた麻梨乃の瞳も、涙の雫を止められずにいた。

「蒼……」

麻梨乃は唇を震わせ、蒼真を見つめながらベッドから下りようとする。両足を下ろし立ち上がろうとしたところで、彼女の前に両膝をついた蒼真にガシッと両腕を掴まれた。

「大丈夫か、麻梨乃。怪我《けが》はないか」

尋ねる彼の表情は険しいが、その口調は心配していたとわかるくらいに焦りを感じる。麻梨乃はまぶたをぎゅっと閉じ、瞳に残る涙を絞ってから彼を見つめた。

「大丈夫です。怪我というほどのものは……」

大きなカッターは突きつけられたが、どこか切られたわけではない。掴まれたり投げられたり、手荒に扱われたのも確かだが痛みが続いているわけではないので大丈夫だろう。

自分ではそう感じたのだが、蒼真の判断は違った……。

「……膝が赤くなってる……」

「はい？」

彼の視線が下に落ちているのに気づいて、麻梨乃も同じ場所に目を向ける。そこはスカートから飛び出た膝だった。

ナチュラルカラーのストッキングから透けて見える膝頭の片方が、赤くなっているのがわかる。

血が出ているわけではなく、ぶつけたときにできた赤味だ。ストッキングもその場所から小さく裂けてしまっていた。

本来スカートは膝丈なので、立てば傷には気づかないが、ベッドから足を下ろす際に少々まくれ上がっていた。それで蒼真の目についたのだろう。

いつこんな傷がついたのだろう。脅されて連れ去られる恐怖と動揺で気がつかなかった。心当たりがあるとすれば、車に引っ張りこまれたとき後部座席の床に思い切り膝をついたことくらいだ。

「車に乗せられるときに転んだんです……。痛くないし、平気ですよ」

「転んだ……」

特に痛みはない。麻梨乃はなんの気なしに言ったのだが、蒼真はギュッと眉間を絞り、小さく舌打ちをした。

「……あの野郎……膝を砕いてやればよかった……」

「そ、そうまさん……？」

「麻梨乃の膝に傷を負わせるとか……ありえない……。引き剥がしたときにドアノブと同じくらい蹴り壊してやればよかった……」

「い……痛くないですから、平気ですからぁっ」

とても物騒な呟きを聞いてしまった気がして、麻梨乃は慌てて蒼真を落ち着かせようとする。

すると、そのままの鋭い視線が麻梨乃をとらえた。

「庇わなくていい。庇っても地獄を見せてやるつもりだ」

「庇ってませんっ」

あ、この人、本気だ。蒼真の気迫に押されて、涙もすっかり引っこんでしまった。

麻梨乃を連れ去られて気が立っているのだろう。さらに彼は、ずずいっと麻梨乃に詰め寄り、その怒りを増長させた。

「どこをさわられた」

「はい？」

「あいつにどこをさわられた？　俺が飛びこんできたとき、あってはならない体勢だっただろう。あんな汚物が麻梨乃の上に乗っかったとか、考えただけでも寒気がする」

……豪《えら》い言われようである……。

「麻梨乃に触れた部分の皮、引っ剥がしてやりたい……」

……とんでもなく物騒である……。

荒いことは口にしているが、蒼真がとても心配してくれているのはわかる。眉を吊り上げていながらもその目は心配と不安をみなぎらせながら泳ぎ、麻梨乃を上から下まで何度も眺めては異常がないかを確認しているようだ。

麻梨乃の腕を掴む彼の両手は力強いが、少々狼狽《ろうばい》している自分をごまかそうと何度も掴み直す。

こんなにも心配してもらえているのに申し訳ないが、麻梨乃はくすぐったくなってクスリと笑みが漏れてしまった。

「なにもされていません……。顔を隠されて口をふさがれたから、相手も片手だけしか使えなかっただろうし。わたし、両手両足で抵抗したから……」

麻梨乃は掴まれた腕で蒼真の腕を掴み返す。彼の心配をやわらげたくて、今できる精一杯で微笑んだ。

「バタバタ暴れて、一生懸命抵抗しました。だって、蒼真さん以外の人にさわられるなんていやだから……」

口に出して、実感がわいてくる。

——蒼真以外の人間にさわられるのがいやだった……。

蒼真にしか、……さわられたくない……——。

「蒼真さん……助けに来てくれて……ありがとう……」

引っこんだはずの涙がまた浮かんできた。麻梨乃の声が震えると、泣きそうになっていることに気づいた蒼真が片手を離して彼女の顔を撫で、乱れた髪を直す。

「ベーカリーの店員が、麻梨乃が連れ去られたところを見ていたんだ。最近いつも買いに来てくれる奥さんが、おかしな車に連れ去られたって」

「……ベーカリーの？」

「不審者情報があってから、あの一帯は個人のショップも協力して警戒態勢になっていた。すぐにマンションの警備員に知らされて、そこから俺の所に連絡がきた」

「どうして、ここにいるってわかったんですか……。それに……」

彼はまるで、米倉の仕業であることがわかっているかのようだった。警察をあらかじめ呼んでいたことといい、秘書が「社長の奥様を誘拐した犯人」と発言したことといい。

「米倉商会の買収が正式に成立した直後のことだ。おまけに社用車が一台なくなっていて、こんなときに肝心の社長が行方不明となれば、……おのずと見当はついた。それに……」

すっかり真面目な顔になった蒼真の表情が、一瞬ほどける。人差し指を立てて楽しそうな声を出した。

「ベーカリーの店員には、感謝状を贈らなくちゃならないかもしれない。麻梨乃を連れ去った車のナンバーを覚えていてくれた」

「ナンバー……、それで……」

すぐに居場所がわかったのだろう。警察よりも先に到着したことで、蒼真がどれだけ麻梨乃を第一に奔走してくれたのかがわかる。

「蒼真さん……ありがとう……」

もう一度感謝を口にする。こんなにも彼に想ってもらえる自分が幸せで、それを考えるとまた涙が出てきた。

そんな麻梨乃を、蒼真も愛しげに見つめる。

「――クリスマスプレゼントだ、麻梨乃。……米倉商会を、君のお父さんが創《つく》った会社を、君に返そう」

「蒼真さん……」

「一条寺産業は、かつて君のお父さんに救われた。君のお父さんの決断がなければ、一族は破滅していた。……君は、一条寺一族の恩人の娘さんだ」

以前、一条寺産業が倒産の危機に直面していたという話を聞いた。……それを救ったのは、麻梨乃の父親だったのだ。

「米倉の関係者は、会社からすべて排除する。社長はもちろん、重役も役員も。すべて俺の采配で入れ替える。会社はそのままだ。社員に影響はない。落ちこんでいる業績を上げるところからのスタートだが、まだ手遅れではないレベルだ。すぐに持ち直すことができるだろう。俺はもちろんだが、麻梨乃も取締役員として名を連ねてもらう。創業者である初代社長の娘、そして、俺の妻だ。当然だろう？」

「……でも、わたしは……」

創業者の娘であることは間違いない。しかし……蒼真の正式な妻ではない。

一条寺の手に渡った会社に、自分がかかわっていいのだろうか。

麻梨乃はゆっくりとベッドを下りる。亡き父の恩を想って会社を取り返してくれたのはすごいことだ。けれど、恩を受けたのは父にであって、麻梨乃にではない。

「蒼真さんは、どうしてそんなにしてくれるんですか……。わたしは、恩人の娘かもしれないけど、……それだけです……他には、なにも……」

「麻梨乃」

蒼真が麻梨乃の右手をとる。そこに、なにかをのせた。

それを見た麻梨乃の目が大きく見開かれる。一瞬だけ涙は止まったが、すぐに大きな雫になって彼女の頬を濡らす。

「……これ……」

「君から預かったものだ。返そう。大切な、……麻梨乃のお母さんの、形見だから」

――レースで編まれた、水色のリボン……。

レース編みが得意な母が、麻梨乃のために編んでくれたもの。ハーフアップにした髪に、いつも結んでくれた。

「……蒼真さん……だったんですね……」

愛しさが作りだした妄想ではない。

十八年前のあの日、ただ一人、麻梨乃に優しい声をかけてくれたのは……。

あの少年は、蒼真だったのだ。

――大丈夫だよ。

そう言って、安らぎをくれた人……。

「……あのとき、いつかすべてを取り返そうと誓った。一条寺がすべてを失いかけて心が壊れそうになっていた俺を、助けてくれたのが麻梨乃だったから……。俺も、必ず麻梨乃を助けよう、そう思っていた。時間がかかりすぎたのは、すまないと思う」

「いいえ……いいえ……、そんなこと……」

リボンを握りしめた両手をひたいにつけ、麻梨乃は首を振る。

充分だ。

なんてすごいことなんだろう。こんな偶然があるだろうか。

偽装花嫁を引き受けたことで、まさか十八年前の彼に再会できるなんて。

「まあ、本当なら、今年に入ってすぐにでも結婚できるはずだったし。そうしたらもっと早くに解決するんだったたんだけど」

ちょっと苦笑いをする蒼真の言葉で思いだす。米倉のもとから逃げる原因となっていた政略結婚は、もともとは蒼真との結婚なのだ。

そうすると、もしや……。

「……もしかして……最初から、こうするつもりで……」

「そうだ。米倉商会を取り返すつもりで結婚話を持ちかけた。俺から」

おそるおそる顔を上げた麻梨乃の頬に手を添え、蒼真は自分のハンカチで彼女の涙を拭いはじめる。そうしながら、事のあらましを説明してくれた。

「米倉商会の始まりである社長の娘さんをいただきたい。そうしたら、会社を立て直して差し上げましょう。……って言ったら、すぐに食いついてきた。まさか買収されて一族総出で追い出されるとは思わなかっただろう。俺も、立て直してやるとは言ったが、役員としてすべて残してやるとは言っていない」

ニヤリとズルイ笑みを見せられ、麻梨乃はついクスッと笑ってしまった。

麻梨乃に少しなりとも笑みが見えたのでホッとしたのだろう。蒼真の唇が麻梨乃の頬に触れる。

「大丈夫だ。……泣くな」

「蒼真さん……」

「絶対、迎えに行くと決めていた。時間がかかってすまなかった。——俺と、結婚しよう」

強く抱きしめてくれるその腕が愛しい。麻梨乃は彼の背中に腕を回し返事をしようとする……が……。

雰囲気に酔っている場合ではない。肝心の問題が残っている。

「でも、あの、蒼真さんは、まりのさんが……」

「麻梨乃は俺の腕の中にいるけど？」

「そうじゃなくて、もともとのお嫁さん、わたしが逃がした〝まりの〟さんが……」

「ん？　あいつがどうかした？」

「蒼真さんは、彼女が忘れられなくて、今でも好きなんですよね？」

「まあ、仲のいい従妹《いとこ》だし。嫌いではない」

「そうですよね、従妹……。……は？」

麻梨乃は言葉を止める。蒼真の腕の中で目をぱちくりさせた。

（従妹？）

彼が喉で笑う気配がする。顔を上げると頭を撫でられ、こつんとひたい同士がぶつかった。

「すまない。その話をしなくてはならなかった。……まぁ、麻梨乃は旨いこと罠にかかってくれたんだけど……」

「は？　罠？」

罠……とは。目をぱちくりさせていると、大きなため息が聞こえてきた。

「それは、ぜひとも私に説明させてほしいんだけど？」

呆れた声の主は、まりのだった。腕を組んだ彼女が、壊れたドアを足で蹴りながら二人を眺めている。

彼女に顔を向けた蒼真が、いやそうに眉をひそめた。

「おまえに説明させたら、俺の悪口オンパレードにならないか？」

「うーん、なりそう。こんなおっきいナリして、片想《かたおも》いの女の子に告白できなくてウジウジしてる小学生みたいだったから、イライラしたもの」

「そこまで言うかっ」

アハハと笑い、まりのは大きくドアを開けた。

「とりあえず、ここは出ましょう。話をするなら、麻梨乃さんが用意してくれるって言ってた、美味しいベーカリーの限定アップルパイを食べながらしたいわ」

「そのあたりは異存なしだ。いいな、麻梨乃」

蒼真に言われ麻梨乃がうなずく。すると、身体が浮き上がり姫抱きにされた。

「よし、俺も今日の仕事はあげてきたし、デザートワインもつけるか。ガンガン飲んでいいぞ」

「朝は飲みすぎちゃ駄目みたいなこと言ってたじゃないですか」

「俺が一緒だからいいんだ。つまり、俺が一緒じゃないときは駄目だ。麻梨乃は酒が入ってボーっとした顔がむちゃくちゃかわいいいんだ」

蒼真の言い分に呆れたまりのが「なーに？　その惚気《のろけ》」とからかう。ドアを蹴って開けた蒼真が、思いついたように麻梨乃を見た。

「麻梨乃、次の休みは靴を買いに行くから、つきあってくれ」

「靴、ですか？」

「ああ。さすがにドアノブをぶっ壊すのに蹴り続けたら、かなり傷ついた。一足新調する。

──妻の見立てで」

ドアが開いた理由を知って開いた口がふさがらないとはいえ、最後の言葉にときめかずにはいられない。

「丈夫な靴にしましょうね」

二人一緒に笑い、麻梨乃は蒼真の首から抱きついた。


一条寺産業が米倉商会買収に関する正式発表を行うのは、当初、明日二十五日に設定されていたらしい。

以前、米倉は二十四日までになんとかしろと麻梨乃を威嚇した。それは、正式発表になるまでに蒼真を止めろという意味だったのだろう。

それが一日早い今日になったのは、単純な理由だ。

二十五日は蒼真が麻梨乃とクリスマスを過ごす日。彼は、仕事抜きで一日麻梨乃と一緒にいたかったらしい。

なので、もちろん明日は休みだという。

マンションへ戻る前、麻梨乃おススメの限定クリームアップルパイを買うためにベーカリーへ立ち寄った。

店のみんなが心配していてくれたらしく、麻梨乃が顔を出すと店内は大歓声で、そろって彼女の無事を喜んでくれた。

そしてなんと、連れ去られたときに落とした傘も保管してくれていたのである。

大切な妻にここまで温かい気持ちをくれるベーカリーを、蒼真が放っておくはずもない。彼は自社ビルの休憩ルームにパンを卸《おろ》してくれないかと、小さなベーカリーが成長するきっかけになる話を持ちかけていた。

クリスマスシーズン、会計ごとにサービスされるクリスマスクッキーを大量にもらい、三人はマンションへ戻ったのだ。

「麻梨乃さんがいないから、どうしたんだろうと思って電話したの。そうしたら電話にも出ないし、おかしいなと思って蒼真君に電話したら、『それどころじゃない、麻梨乃が拉致《らち》られた。あンのクソ、ぶっ殺してやる』って、すっごい勢いだったのよ〜」

物騒な単語が飛び出してくるわりには、まりのはケラケラ笑っている。

マンションのリビングでベーカリーのクリームアップルパイを食べながら、「あっ、ほんと美味しい～。帰りに買っていこう」と笑顔を見せる。

「すみません……ご心配をおかけして」

「いいのよ～、ほら、おまけのクッキーも美味しいよ。甘いもの食べていやなことは忘れよう？　あっ、ワイン注ぐね」

恐縮する麻梨乃に、彼女は気を遣ってくれる。半分になっていた麻梨乃のグラスにワインを満たし、楽しそうにニコニコする。

ただ……リビングテーブルに麻梨乃と並んで座った彼女はご機嫌なのだが、男はあっちと言われて向かい側に座らされた蒼真は、少々むすっとしている。ワイングラスを眺め、グイッと一気飲みをした。

彼女を見ていると、親族との食事会で同年代の女性がたくさん話しかけ気を遣ってくれたのを思いだす。

本当に、一条寺の人たちはいい人ばかりだ。

「あの……一条寺の皆さんって、本当にいい方ばかりですよね……。わたし、以前感動しちゃって……」

「んー、親戚仲はいいわよ～。でもやっぱりね、麻梨乃ちゃんには特別よ。すっごく構いたい」

ワインのボトルを置き、彼女は麻梨乃を見て微笑む。

「だって、一族の恩人の娘さんだもの。……みんな、あなたのお父様に救われたの。あなたのお父様のおかげで、親戚みんな、また笑えるようになった。……だから、今度はあなたに笑ってほしいと思うのは当然でしょう?」

「あ……」

ということは、食事会のときすでに、親族みんなが麻梨乃のことを知っていたのだ。

「皆さん……最初から……」

「知っていた。俺が教えたから」

仲間はずれがいやなのか、はたまた麻梨乃のそばにいたいだけか、蒼真が席から移動しグラスを持って麻梨乃の横に立つ。ワインのボトルを取ると自分のグラスに注いだ。

「知らなかったのは、わたしだけ、だったんですよね……。っていうか、あの結婚式に来ていた人たちも……」

「最初から、結婚相手は米倉麻梨乃だと知っていた。一条寺産業再生の道をくれた人の娘だ、って。だから、大祝福だっただろう?」

なんてことだろう。麻梨乃だけが、なにも知らずにあたふたしていたのだ。

クッキーを食べながら、まりのが蒼真を指さして笑う。

「だってね、聞いてよ。自分から振った結婚話、麻梨乃ちゃんに逃げられて、麻梨乃は俺と結婚したくないのかもしれない、とか落ちこんでね。行方不明になった麻梨乃ちゃんを探し出して、ホテルで生き生き働いているのを見てよけいにわからなくなったみたいなのよ。……昔のしがらみを思いださせるような結婚をするより、こうして働いているほうが幸せなのかも……って」

「蒼真さんが？」

なんでもぱっぱと決めてしまえるような人なのに。そんな悩みを持ったのなら予想外だ。

麻梨乃が蒼真を見ると、わざとなのか、彼は情けない顔をして見せる。

「麻梨乃に逃げられたから……、嫌われてるのかな～……と思って」

「ち、小さなころに会ったきりなのに、嫌うもなにもないでしょうっ」

まりのが椅子から立ち上がり、蒼真からワインのボトルを取り返して、ハアッと息を吐き肩を上下させる。

「あなたのためにすべてを取り返す、とは言っていたけど、基本的にはあなたが一番幸せな方向で解決したいって言っていたから、それで迷ったのよ。……あなたの本心を知るためにも、そばにいてよく知り合う必要があった。だから、……結婚を偽装したの。で、花嫁役の私はあなたに似た境遇を設定して、同情させて逃がしてもらった、ってわけ。……あとは、わかるでしょ？」

花嫁を逃がした麻梨乃を、蒼真が捕まえる。責任を取らせるという名目で身代わり花嫁に仕立て上げ、結婚したのに妻がいないと困ると言って一緒に住んだ……。

麻梨乃は横に立つ蒼真を見上げる。その視線に気づき、彼は身をかがめて顔を近づけた。

「なんだかんだ言っても、俺は初夜の時点で絶対に麻梨乃を逃がさないって決めていたから、さっきも言ったけど、麻梨乃が旨いこと罠にかかってくれてよかったなと思ってる」

「旨く……かかっちゃったような気がします……」

ちょっと拗ねるように唇をすぼめると、そこに蒼真がチュッとキスをする。まりのが呆れた声を出した。

「ちょっとぉ、あと十分くらいで帰ってあげるから、もう少し我慢しなさいよ。堪《こら》え性《しょう》のない」

「五分で帰れ」

「秘書にそういう冷たい態度をとらないでいただけます？　社長。新婚を謳歌《おうか》できないくらい仕事を入れますよ？」

「ごめんっ」

掛け合いの末に笑って謝った蒼真だが、同時に麻梨乃は「秘書ぉ⁉」と、素《す》っ頓狂《とんきょう》な声をあげてしまった。

「待って……もしかして、あの、ホテルでわたしの着替えを用意してくれたり、髪を切るときにサロンを紹介してくれた、女性秘書……って」

「私っ。そうかぁ、そんなことも話していなかったの？　ごめんなさいね、ほんとに不安だったでしょう？　今朝の時点で、もう麻梨乃ちゃんはすべて知っていると思っていたから、……ヘンな誤解させちゃったね」

従妹のうえに秘書で、おまけに麻梨乃を罠にかける協力者で、……そんなに重なっていたとは……。

「あ、でも」

もうひとつわからないことがある。麻梨乃は先程からかがんで嬉しそうに顔を眺めてくる蒼真に、視線を移した。

「蒼真さん、まりのさんの写真、持ってますよね？　スッゴク綺麗に撮れているやつ」

「あぁ、そうだ、会ったら渡そうと思っていたやつだ。まりのはずっと婚約者と婚前旅行中だったから……。ちょっと待っていろ」

グラスを置き、蒼真が書斎へ向かう。「婚前旅行？」と、まりのを見ると、彼女は照れくさそうな笑みを見せた。

「今回の働きのお礼、っていって、社長サマに婚前旅行の報酬をもらったの。有給も溜まってたしね。春には結婚するのよ」

「わたしを罠にかけたとき、ホテルに迎えに来ていた男性ですか？」

「そうよ～。イイ男だったでしょ」

おどけるように惚気て、まりのは表情を改め、微笑む。

「いろいろあったけど、これからよろしくね。麻梨乃ちゃん」

「これから……」

「当然でしょう？　あなたは蒼真君の本物のお嫁さんだもの。うちの親戚はね、みんな仲がいいの。集まったらうるさいわよ～。覚悟して」

「……わたし……、親戚づきあいとか……全然したことがないから……。大丈夫かな……」

「大丈夫っ。蒼真君もいるし、私もいるし。みんな、いい人ばかりよ」

胸が熱くなってくる。一生縁はないだろうと思っていたもの。それが、こんなにも身近になるのだ。

「よろしくお願いします」

麻梨乃が頭を下げると、まりのも「こちらこそ、よろしくお願いします」と頭を下げる。二人で顔を見合わせて笑い合っていると、蒼真が戻ってきた。

「ほら、おまえじゃないってくらい綺麗に撮れているから、さっさと持っていけ」

蒼真が差し出した白い封筒の中には、麻梨乃が覗いて気にしてしまった写真が入っているのだろう。

――なんでもこの写真は、会社の行事で撮ったものの中に彼女が映っていたので、よけておいただけの話らしい。

蒼真が写真を見て想いを馳せている、なんて誤解をしてしまったが、おかげで彼に抱かれる決心がつくきっかけになったので、今となって思えばよかったのかもしれない。

あと十分と言っていたが、写真を受け取ると、まりのは五分とかからず帰ってしまった。

残ったワインを自分と麻梨乃のグラスに注ぎ、蒼真が差し出す。

「飲んでしまおう」

「あんまり飲んじゃ駄目なんじゃないんですか？」

「言っただろう？　俺が一緒ならいいんだ」

ソファにうながされ、並んで座る。肩を抱かれて、自然と唇が重なった。

「麻梨乃、結婚指輪、見せてみろ」

「え？」

不思議に思いつつ左手を立てる。偽装する手前、指輪はいつもつけている。

すると、肩を抱いていた蒼真の手が麻梨乃の左手を掴み、薬指になにかを通した。

「え……?」

麻梨乃は目をぱちくりとさせる。

指輪がもうひとつ、薬指につけられたのだ。

それも、結婚指輪とは違い、とても豪華な物。華やかに埋めこまれた宝石はダイヤだろう。

「婚約指輪」

「えっ⁉」

麻梨乃は驚いて蒼真を見る。

「やっと、麻梨乃を本当に迎えにこられた。——結婚しよう、麻梨乃。……って、さっきも言ったけど、返事を聞いてない。焦らすなよ?」

「あ、あの……」

そういえばホテルで同じことを言われた。これはいわゆるプロポーズというものだ。そう思うと照れてしまう。

返事は……どう応えればいいのだろう。返事は決まっているのだが……。

「そうだ、麻梨乃の返事は、俺へのクリスマスプレゼントだから」

「はい?」

蒼真なはにか言いたげにニヤニヤしている。彼の顔をジッと見て、麻梨乃は困ったように笑った。

「……クリスマスプレゼントって、その人が喜ぶことをするものなんですよね？」

「そうだ。だから麻梨乃は、俺が最高に喜ぶ返事をくれなくちゃならない」

……ずるい。……。

本当にズルイ。

この人はどうして、こうやってズルくて甘くて、素敵な罠ばかり仕掛けるのだろう――。

「はい、に決まってるじゃないですか！　大好きです！　蒼真さん！」

叫んだ麻梨乃が新しい指輪をつけられた左腕で抱きつくと、蒼真にあごをさらわれ……唇が重なる。

「愛してる、麻梨乃。最高のクリスマスプレゼントだ」

嬉しい言葉が心を溶かす。手にしたワインがこぼれそうなのもいとわず、二人は情熱的なキスを繰り返した。

嬉しさに浮かれてキスをしているうちに、本当に二人ともワイングラスを持っていることを忘れ……。

結果、同時にこぼして我に返った。

ただ、お互い服にこぼしたので、ソファに被害は及ばなかったのである。

そして、着替えるために脱ぐなら二人で入浴してしまおうということになったのだ。

(考えてみると、一緒に入るのって、初めてじゃない?)

浮かれて一緒に入ることをOKしてしまったが、よく考えれば一緒に入浴するのは初めてだ。

バスタブの中で足を伸ばした蒼真の膝に座り、彼の広い胸に背中をつけて寄りかかる。とてもいい気持ちではあるが、お尻から腰にかけて、明らかにお湯とは違う温かさを持ったモノがあたっているのを感じ、どうも照れくさい。

おまけに、一緒に入浴できるのが嬉しいのか、単に麻梨乃にさわれるのが楽しいのか、蒼真の手が身体中を這い回っている。

「そ……蒼真さん?」

「なんだ?」

チラリと彼を見ると、なんとも艶っぽい目で麻梨乃を見つめている。眼差しが愛情たっぷりなのは嬉しいが、肌を撫でる手つきは……。

(いやらしさたっぷりですよ……蒼真さん……)

強く撫でまわすわけではない。手のひらで撫で、指先や指の腹で擦っていく。……その手つきが、なんとなくいやらしい……と、思う。

「ぁんっ」

いきなり訪れた刺激に、ちゃぷんと湯面を揺らす。彼の指先が胸の頂をくるっと回して擦ったのだ。

「どうした？　肌がピンク色だ」

「……蒼真、さん……」

肌にかこつけてはいるが、身体を撫でまわされているのが原因だと絶対にわかっている。

「お……お酒のせいです……。飲んだばかりだし……」

「そうか、酔いが残ってるんだな。じゃあ、長湯はしないほうがいい」

蒼真の両手が太腿を撫ではじめると、意識的に足を交差させてキュッと締める。すると腹部に両腕が回され、そのまま持ち上げられた。

「きゃぁっ！」

ザバァッと大きな湯音とともに麻梨乃を持ち上げ、蒼真が立ち上がる。そのままバスタブから出て洗い場に胡坐《あぐら》をかいて座った。

必然的に、麻梨乃はその足の中にお尻が落ち着く。

「そうまさんっ」

「なんだ？　洗ってやるから、暴れるなよ？」

「も、もぅっ、人を物みたいに持たないでくださいっ。ほんと、力持ちですね」

「だろ？　だから、子ども二、三人はかかえて歩けるぞ」

アハハと楽しそうに笑いながら、蒼真は濡らしたボディスポンジにソープを落とす。泡立てる彼の手や腕の逞《たくま》しさを視界に入れ、麻梨乃は騒ぐ胸の鼓動をどうしようもできなくなってきた。

以前、両腕に子どもをかかえて歩けると言ったときは力持ちだし似合いそうと思ったが、ちゃんと結婚が決まった今の状態で言われてしまうと、意識してしまう。

「あの……、かなり長くやっていたんですか？　建設現場のバイトとか……肉体労働みたいなの……」

ボディスポンジが背中を滑る。力の加減なのか、それとも彼に洗ってもらっているからなのか、自分で洗うのより心地よい。

「んー、そうだな、大学のときはずっとやっていたし、……さすがに仕事をするようになってからは、収入が安定したからやめたけど」

「なにかお金がかかる趣味でもあったんですか？」

「趣味、ではないけど、金は必要だった。半年ごとに寄付を入れていたから」

スポンジが肩を撫で、脇から前へ回ってこようとする。その前に、麻梨乃は勢いよく振り向いた。

「ん？　エライな、麻梨乃。こっち向いてくれるのか？　じゃあ、どうせなら膝立ちになってくれ」

蒼真が胡坐を崩し足を伸ばす。麻梨乃は驚きを隠せないまま彼を見つめ、膝立ちで彼の太腿の片方を跨いだ。

「……蒼真さん」

「どうした？」

「……施設に寄付を入れてくれていたのって、……蒼真さん、なんですね？」

腕を洗ってくれていた蒼真の動きが一瞬止まる。すぐに動きだし、「そうだよ」と答えをくれた。

「施設に入った麻梨乃に、不便がないようにしてやりたかった。けれど、そのとき俺はまだ学生だったし、親に相談したくても、会社を軌道に乗せてこれからってときの親に、金が絡む話はできない。……だから、自分でやろうと決めた」

スポンジが胸のふくらみを撫でていく。普通のときなら、その軌跡がくすぐったかったかもしれない。けれど、今はそれどころじゃない。

「毎月は無理だから、半年に一度と決めた。寄付をしても恥ずかしくない金額にして、麻梨乃をよろしくお願いしますって園長に頼んで、そのたびに施設での麻梨乃の様子を聞きながら……。それを、ずっと続けた」

自分に関係した人が寄付を繰り返していたのは知っていた。だから麻梨乃は、米倉が体裁作りに利用していると思ってしまったのだ。

今日、それが違うとわかったときは困惑したが、……今なら、納得できる。

「大学のときは、友だちのつきあいでバーテンなんかもやった。だから、麻梨乃にシャンパン開けるのが上手いって言われて、ちょっと焦った」

「あ……」

初夜のスイートルームで、蒼真がシャンパンを開けてくれた。開けるのが上手いと言ったらムッとされたようでドキッとしたが、あのときは、麻梨乃より蒼真のほうが焦っていたらしい。

スポンジがお尻の円みを撫で、太腿からふくらはぎへと伸びていく。それに合わせてもう片方の手も身体を撫ではじめ、急にくすぐったさを感じはじめる。

「でも……蒼真さんがバーテンなんかやっていたら、通ってくる女の子がいっぱいいそう」

「女の子もいたけど、男のほうが多かった」

「は？」

「近隣のホストクラブ。バイト代三倍出すからって。各店のマネージャーが毎日のように来ていた」

笑ってしまうが納得だ。スカウトしているほうも、まさか未来の大企業の社長だとは思っていなかっただろう。

「でもわかります。蒼真さん、素敵だもん」

「嬉しいことを言う」

スポンジを持たない手が内股に入ってくる。ドキリとした瞬間、秘唇の上を滑らかに撫でた。

「ここまで涎《よだれ》が垂れているのは、その素敵な人にさわられているからか？」

「あっ、ヤンッ……」

もう片方の手が腰から脇を撫で上げていく。ゾクゾクっと震えが走り、麻梨乃は背筋を伸ばした。

いつの間にかスポンジは置かれ、直に彼の大きな手で全身を撫でられる。

「ぁぁ……あっ、んっ」

「どうしていきなり感じてる？　さっきまでなんともなかったのに」

「うんっ、知らない。ぁ……やっ、ヘンな感じ……」

泡の力を借りて肌を滑っていく手の感触が、くすぐったいのに気持ちいい。もっとしてほしいと思ってしまうくすぐったさ。

「ァン、そうま、さ……んっ、泡、ついてて……くすぐったぃの……」

「ツルツルしてすごくさわりやすい。さわっていると手が気持ちいい」

それを証明するかのよう、彼の手はあちこちへさまよっていく。背中から肩から、もったいぶるように腹部を撫で、胸の下を探り、泡でさらに白くなったふくらみの上をサラリと撫でていく。

「あぁんっ……」

先端を軽くさわられただけで腰が焦れる。触れられた秘唇がじりじりして、その奥にじんわり拡《ひろ》がっていく。

「蒼真さ……ダメ……、我慢できな……ぁ」

麻梨乃は蒼真の腰を跨ぎ直し、片手を彼の肩に、もう片方の手で熱い滾りに触れる。そのまま蜜を垂らす秘孔まで導くと、蒼真が麻梨乃の手を軽く掴んだ。

「麻梨乃……」

彼は愛しさでいっぱいにした瞳で麻梨乃を見つめている。

「今日はせっかちだな、……いいのか？」

麻梨乃より先に昂ぶった熱情を屹立に投影していた本人が、それはいけないことだとうそぶいているかのよう。

「だって……、今日は、たくさん幸せをもらった日だから……」

「うん」

「今、……一番欲しいものも……欲しい……。もらっていい？」

蒼真が麻梨乃の手を放す。了解をもらったのだと悟った身体が、自然と沈んでいった。

「……それに、蒼真さんが……両腕に子どもを抱っこしてる姿……早く見たい……」

ずぶずぶっと灼熱《しゃくねつ》が埋まってくる。まるでマグマがゆっくりと流れてくる感覚でそれを堪能していると、虚を突いて蒼真が腰を突き上げてきた。

「あぁん……！」

「悪い子だな、麻梨乃は……そういうことばかり言って、俺を翻弄する……。俺は……おまえに夢中にされすぎて、もうどうしたらいいのかわからない……！」

中腰になった腰を押さえられ、彼につき上げられるたび、ずちゅっずちゅっと粘り気のある音が響く。

拓かれる淫路はいつも以上に熱く、纏うもののない彼自身は刺激的で、媚襞に絡まれ大歓迎を受けていた。

「あぁ……そうまさぁ……」

「すごいな……絡んでくる……」

「だって……だって……ぁぁ、蒼真さ……ぁ好きぃ……ンッ」

「麻梨乃……」

力いっぱい腰を引き落とされ、立てていた膝も崩れて完全に彼の腰に座ってしまった。両乳房を奔放にこねられ、泡で滑ると言わんばかりにつるつると手のひらを滑らせる。

「麻梨乃のナカ……気持ちいいな……」

「……ほん、と……？　ゥン、んっ……」

「最高だ。いつも言っているだろう？」

冗談っぽく言って腰を揺らし、麻梨乃の身体を上下に揺さぶる。蜜窟から広がる熱が、麻梨乃を酔わせていった。

「あぁ……あっ……！　蒼真ぁ……ん、ぁ、きもちい……ぃっ」

「ほら、もっと欲しがれ、……いくらでもやるから」

「んっ……あっ、あぁんっ……！」

麻梨乃はいつの間にか自分から腰を動かし、蒼真と一緒に快感を作り出していた。どう動けば彼が気持ちよくなるかなんてわからないが、動けば動くだけ、胎内が熱い愉悦でいっぱいになる。

「あぁぁん……！　ダメェ……きもち、いっ……あぁっ！」

ふくらみの頂を両方交互に吸われ、快感で焦れ上がった先端を甘噛みされる。気持ちが昂ぶっているせいで、限界を感じるのも早かった。

「麻梨乃は、意外に欲張りだ。……早くよこせって、すごく、責められる……」

「やっ……や、そんな……あぁ……、蒼真さん……もぅ、ぁ……！」

「――あげるから。麻梨乃が欲しいものは、全部」

「蒼真さっ……あぁ……あぁぁ――！」

大きな到達感が襲いかかり、ヒクヒクっと大きく腰が痙攣した瞬間、胎内に焼けるような熱い感触が広がる。

「まり……のっ！」

苦しげに、それでも嬉しそうに彼女を呼んだ蒼真に、強く身体を抱きしめられた。

中から広がっていく熱く甘美な快感に官能が刺激され、彼を放すものかと隘路が蠕動する。

「麻梨乃……」

蒼真にくちづけられ、優しく口腔を乱され、蕩け落ちそうな身体を抱きしめられる。まだ熱を持った蒼真自身を胎内に感じていると、彼の唇が麻梨乃の頬に触れた。

そして……、彼女をなによりも支えてきた言葉を紡いだ唇は、今、なによりも幸せをくれる言葉を囁くのだ。

「愛してる。俺の、麻梨乃……」

十八年目の今、麻梨乃は、愛される幸せを取り戻した……。

エピローグ

すべての真実が明らかになった、翌日の二十五日。

蒼真と麻梨乃は、正式に入籍した――。


クリスマスをすぎた年末年始、麻梨乃はかつてない忙しさを体験する。

帰国は年明けだろうといわれていた蒼真の両親が、麻梨乃に早く会いたいがために帰国を早め、年末に帰国した。

母親はもちろん、父親は麻梨乃の手を握り、恩人の娘が息子と結婚した、その感動にむせび泣いた。

そして、絶対に泣かせるようなことはしないと蒼真に約束させたのである。

新年は親戚一同が集まった。

温かな雰囲気の中で麻梨乃は歓迎され、同年代の親戚とは特に仲良くなれた。

麻梨乃を罠にかけるための結婚式しかしていないこともあって、もちろん本物の結婚式が行われる。それも、一ヶ月後。

結婚といえば新居だが、蒼真のマンションに二人で住んでいてなにも不自由はない。頼りになる警備員はいるし、マンションコンシェルジュは親切だ。

なんといっても、来年も張り切ってツリーを飾ってくれると言っていた。ぜひともそれを見届けなくては。

引っ越すとすれば、今の部屋が手狭に感じたタイミングだろう。

——たとえば、家族が増えたりしたときが、そのタイミングではないかと思う。

会社関係のことも勉強していかなくてはならないが、それは追々やっていけばいい。

正直、役員に名前を入れられても麻梨乃にはわからないことだらけ。

でも、大丈夫。

頼りがいがありすぎる夫が、麻梨乃にはついている。

「麻梨乃、やっぱりドレスは三着くらい着ないか？　白いの二着とカラー三着」

リビングのソファでカタログを見ながら、好き勝手なことを言う。麻梨乃はそんな蒼真の前にコーヒーカップを置き、彼の隣に腰を下ろす。

「蒼真さん、それじゃ五着です」

「いいだろう。本当はすべてオーダーメイドにしたいくらいなのに」

「時間がありません。だいたい、結婚式を一ヶ月後にするって決めたの蒼真さんなんですからね」

自分の策を悔やむ蒼真に事実を確認させる。彼に頭を引き寄せられ、そのまま寄り添い合った。

「しょうがないだろう……。麻梨乃を……見せびらかしたくて気持ちが逸《はや》るんだ。俺の嫁かわいいだろ、って」

「照れますよ～」

と言いつつ、蒼真にそんなことを言われるとドキドキする。

愛されていることが実感できて、幸せのゲージは上がりっぱなしだ。

「ウエディングドレスといえば……」

ふと思いだし、麻梨乃は蒼真を見る。

「初めて蒼真さんに会ったときに着せられたドレス、あれ、すっごくジャストフィットだったんですよ。でもあれってオーダーメイドですよね？　まりのさんのほうがスタイルいいし……、もしかして小さめに作ってあったんでしょうか」

「あれは、麻梨乃のサイズに合わせて作った。だから、まりののほうが無理やり着ていた感じだな」

「えっ？」

わずかに身体を離し、麻梨乃はキョトンと蒼真を見る。彼は驚くべき事実を告げた。

「こっちから仕掛けた結婚話で麻梨乃が逃げるとは思ってなかったから、麻梨乃と結婚できると思ったら嬉しくて、先走って一着作らせておいた。……だから、逃げられたときはショックで、ドレスを見ながら落ちこんだな」

「落ちこんだ……蒼真さんが？」

「でも、結果的には、着せて脱がせて、満足」

脱がせて、のところが、妙に嬉しそうだ。結構派手な脱がされかたをしたことを思いだしてしまう……。

「でも、大体の見当で作ったにしてはピッタリすぎましたよ。ビスチェタイプだから、下手したら胸が合わなくて不恰好になる可能性もあったのに」

そういえば、まりのが着ていたとき、胸がきつそうだったのを思いだした……。

「当然だ。麻梨乃のサイズで作ったからな」

「へー、そうなんで……。ええっ、なんでっ！」

納得しかかり、思い直す。今ならともかく、一年前に蒼真が麻梨乃のサイズを知ることはできないだろう。

「施設のほうから教えてもらった」

「そ、そういうことを教えるわけが……」

「結婚式に着せるドレスを先に作りたいんですって、正直に言った。俺は麻梨乃の様子を聞くのによく園長に会いに行っていたし、……俺の気持ちは、園長にはダダ漏れだったみたいだし。……園長、感動して泣いていたぞ」

「泣いて……」

「麻梨乃は施設でも大人気で、慕われるお姉さん、だっただろ。結婚式には園長や仲がよかった職員も招待した。お礼の電話が来て、園長、また泣いてた」

「蒼真さん……そんなこと……」

結婚式は、一条寺の親族や会社関係者ばかりだと思っていた。麻梨乃には呼べるような親族も友だちもいないので、自分からの招待状は出さなかったのだ。

もちろん、家族のように育った施設の友だちや職員は思い浮かんだが、蒼真側の招待客が豪華すぎて遠慮をしてしまったのである。

しかし蒼真は、麻梨乃が彼に再会するための十八年間を支えてくれた人たちのことを、ちゃんと頭に入れていてくれた。

「ありがとう、蒼真さん」

薄っすらと涙を浮かべた麻梨乃が微笑むと、蒼真の唇が近づく。てっきり唇に重なってくるのかと思ったそれは、優しく頬に触れた。

「――大丈夫だよ……」

そして、幸せなぬくもりをくれる。

「これからも、ずっと、俺がいる……」

ずっとずっと、見守ってくれた人……。

温かな腕の中で、麻梨乃はこの至福を抱きしめた。

あとがき

挫折知らずの完璧ヒーローって、かっこいいですよね。

ですが、一度挫折なりなんなり、人生に叩きのめされたところからくじけず這い上がってきたヒーロー、っていうのも大好きです。

なんというか、同じような逆境が再び訪れても、決して取り乱さず屈しない強靭な精神が備わっていそうじゃないですが。

う～ん、多分、精神面が化け物みたいに強くて、全身でヒロインを守れるタフなヒーローが好きなんだと思います（笑）。


今回のヒーロー、蒼真がそのタイプですね。

書き進んで彼の過去を明かしていくごとに、御曹司というよりは力技でのし上がった若社長みたいになっちゃって、でもこういう子好きだわ、とほくほくしながら書いておりました。

ほくほくしていたわりには担当様や編集部の皆様に、進行上多大なるご迷惑をおかけしてしまい、本当に今回駄目かもしれないとくじけかかりましたが、氷堂先生の壮絶目つきが好みなヒーローとかわいいウエディングドレス姿のヒロインというキャララフに心を救われ、担当様の根気強さに引っ張っていただいて、なんとかここまで参りました。

ほんと、極寒の地から合掌せざるを得ない状況です。

令和元年、今年最後に刊行していただく著書になります。

今年はなんというか、年明けから家族の緊急入院やら手術やらでてんやわんやして、落ち着いたかなと思ったら春には父の入院と心臓の手術、夏には私がガッツリ体調を崩し、復活してきたと思えば今度は母が倒れて入院中、という……。

なんとも、ガタガタな、というか、なんというか形容できないまま一年が過ぎようとしております。

締めくくりの本作、しょーもない私を支えてくださった担当様のためにも、今年一年、グダグダなりに頑張った自分へのご褒美に、たくさんの方々にお手に取っていただければいいなと、願うばかりです。

最後になりますが、謝辞にてまとめさせていただきたいと思います。

担当様にはもう、今回もありがとうございましたと、ほんとすみませんでしたの二言しかないです……！　次回もどうかよろしくお願いいたします！

イラストをご担当くださりました、氷堂れん先生。ガブリエラ文庫プラス様では前回に引き続きご担当いただけて、とても嬉しかったです。なにが好きって、氷堂先生がお描きになるヒーローの目つきが大好きです（前回も目つきの色っぽさにやられたので）！　今回もありがとうございました！

本書に関わってくださいました関係者の皆様。いつも励ましてくれる優しいお友だち。書く元気と幸せをくれる大好きな家族に。

そして、本書をお手に取ってくださりました皆様に。

心から、たくさんの感謝とお礼の気持ちをこめて。

ありがとうございました。また、お目にかかれることを願って――。


令和元年十一月（今日クリスマスツリーを出しました！）／玉紀 直

身代わり花嫁はイケメン社長に甘く籠絡される　キャラクターデザイン：氷堂れん

氷堂れん先生のキャラクターデザイン♥

甘黒上司のお気に入り
オトナの本気に
蕩かされました
Novel 玉紀 直
Illustration 氷堂れん
ああ、俺の恋人は
最高にかわいくて色っぽい
櫛笥笑美花は父からの見合い話を断るため、憧れている上司、遠山誠史郎に恋人のふりをしてほしいと頼んだ。遠山は引き受ける代わりに自分の言うことに従えと条件をつけてくる。彼に導かれるまま恋人らしい逢瀬を重ね、情熱的に愛される笑美花。「気持ちいいか？　かわいい声が出ている」好きな人から彼女として甘やかされ、特別扱いされて夢見心地の日々。けれど遠山の知人から彼には金持ちのパトロンがいると聞かされてしまい!?
好評発売中！

ガブリエラ文庫プラス
gabriella plus

MGP-053

身代わり花嫁はイケメン社長に甘く籠絡される

2020年1月15日　第1刷発行

著　者　玉紀 直　

装　画　氷堂れん

発行人　日向 晶

発　行　株式会社メディアソフト
〒110-0016　東京都台東区台東4-27-5
tel.03-5688-7559　fax.03-5688-3512
http://www.media-soft.biz/

発　売　株式会社三交社
〒110-0016　東京都台東区台東4-20-9　大仙柴田ビル2F
tel.03-5826-4424　fax.03-5826-4425
http://www.sanko-sha.com/

印刷所　中央精版印刷株式会社

玉紀直先生・氷堂れん先生へのファンレターはこちらへ
〒110-0016　東京都台東区台東4-27-5 (株)メディアソフト
ガブリエラ文庫プラス編集部気付 玉紀直先生・氷堂れん先生宛

ISBN 978-4-8155-2045-8　Printed in JAPAN

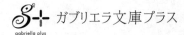